狐の婿取り

—神様、発起するの巻—

CROSS NOVELS

松幸かほ

NOVEL:Kaho Matsuyuki

みずかねりょう

ILLUST:Ryou Mizukane

CROSS NOVELS

琥珀《こはく》

かつて八本の尻尾を持っていた狐の神様。涼聖の愛の力により、最近四本目の尻尾が生えてきた。ちょっと天然。

香坂涼聖《こうさかりょうせい》

診療所の医師。琥珀の恋人で陽の父親的存在。気づけば多くの神様と知り合いになっているが、本人は至って普通の人間。

陽《はる》

妖力を持っているチビ狐。琥珀に預けられてスクスク元気に成長中。集落のアイドルで、食べることが大好きなお菓子星人♡

CHARACTERS

伽羅

きゃら

かつては間狐だったが、現在は主夫的立場に。涼聖の後釜を狙う、琥珀大好きっ狐《こ》。デキる七尾の神様。

白瑩（シロ）

しろみがき

香坂家にずっと暮らしている座敷童子のなりかけ。涼聖と千歳の遠いご先祖様。柘榴と何やら縁がある…？

柘榴

ザクロ

「千代春君《ちよはるぎみ》」を探しているらしい赤い目を持つ男。シロに接触を試みるが、その真意は…？

黒鉛

こくえん

柘榴が従っている、謎の男。
怪しげな場所で「幸寿丸《こうじゅまる》様」のために、何やら儀式を行っているようだが…？

CONTENTS

CROSS NOVELS

CONTENTS

狐の婿取り

神様、発起するの巻

Presented by
松幸かほ
Illust
みずかねりょう

Presented by
Kaho Matsuyuki
with
Ryou Mizukane

1

「ただーいまー」

元気な声で挨拶《あいさつ》をしながら陽《はる》が玄関の戸を開けると、車が入ってきた音を聞きつけていた伽羅《きやら》とシロが迎えてくれた。

「陽ちゃん、お帰りなさい。琥珀《こはく》殿に涼聖《りようせい》殿も」

陽のあとから入ってくる二人にも伽羅は声をかける。

「きょうは、いつもよりおもどりがはやいですね」

伽羅の手のひらの上にいたシロが言う。

今日は土曜日。診療所は午前中で終わりで、午後からは涼聖が往診に出かけ、帰宅は三時を回ることが多い。

だが、まだ二時半を過ぎたところで、いつもより三十分ほど早かった。

「ああ、往診が早く終わったからな」

涼聖が短く答える。

「そうなんですねー。丁度さっき、おやつの準備が終わったところなんですよー」

伽羅が言うと、即座に陽が、

「おやつ、なに？」

目を輝かせて聞いた。

その様子に、琥珀と涼聖は目を細める。

「今日はフルーツポンチですよー。いただいた果物と缶詰、仕上げにアイスクリームを添えます」

「アイスクリーム、やった！」

喜ぶ陽からポシェット――集落のおばあちゃんからのプレゼントの一つだ――を預かり、代わりにシロを陽の肩に乗せた伽羅は、

「じゃあ二人とも、お手々、洗ってきてくださいねー」

と笑顔で送り出す。

「相変わらず手馴れてんなぁ……」

その伽羅の手際に涼聖が感心して言うと、

「いつ結婚して子供ができても大丈夫です、俺」

伽羅はやけにキリッとした顔で言い、琥珀を見る。

涼聖はその視線の行方を妨害するように手で琥珀を隠す。

「おまえの出番はまだまだ先だ」

と言う涼聖に続き、

「とりあえず、私は産めぬ、とだけ伝えておく」

琥珀も多少呆れた口調で言った。

「大丈夫です、そこは俺がなんとかします」

いい笑顔で返す伽羅に、

「まあ、おまえの子供なら可愛い子が生まれんのは間違いないだろうけどよ」

涼聖が言えば、

「伽羅殿が産むなら、確かに愛らしい子が生まれそうだ」

琥珀も納得する。

「え、なんで俺が産む流れになってるんですか？」

伽羅は思惑と違う流れになっているのに目を見開く。

「だって、おまえ、何とかするっつっただろ」

「私は産めぬと言ったし、そなたが体を張るのだなと認識したが？」

涼聖と琥珀はさらりと返した。

「いや、そこは、え？」

戸惑った伽羅だが、

「きゃらさーん、おてておあらってきたよ」

シロと一緒に手を洗ってきた陽が、まだ玄関でしゃべっている伽羅に、おやつの催促を兼ねた声をかけてくる。

「あ、すぐに準備しますねー。琥珀殿と涼聖殿も荷物を置いて、手を洗ってきてください。陽ちゃん、俺のお手伝いお願いしますねー」

伽羅はすぐに主夫の顔になると、預かっていたポシェットを陽の部屋へ戻しに行き、それから台所へと向かう。

涼聖と琥珀は言われたとおり、それぞれ部屋に荷物を置いてから洗面所へ手を洗いに行き、居間に向かうと、すでにちゃぶ台にはいろんなフルーツの入った大きなガラスの器があり、取り分け用の小さな器も準備されていた。

缶詰のミカン、それから賽の目に切られた白桃、黄桃、一口大のパイン、それからキウイとリンゴと、なかなか豪華である。

「じぶんでいれていい?」

陽は目をキラキラさせながら伽羅に問う。

「いいですよー。好きなだけ入れてください」

伽羅はそう言って、お玉を陽へと渡す。

「おみかん、いっぱいいれたいなあ、でもキウイも……」

「われはパインがたべたいです」

陽とシロは相談し合う。

とはいえ、いろんなフルーツが混ざり合っている中、特定のものを多めに選り分けて掬《すく》うのは難しい。

「これだけあるのだから、おかわりができるだろう。普通に掬ったらどうだ？」

琥珀が声をかけると、陽は、

「おかわりのときも、アイスクリームつけていい？」

伽羅にお伺いを立てる。それはもう、愛らしい顔で。

そのすぐそばではシロも「いいっていってください」と言いたげな顔で伽羅を見ていた。

それに伽羅は返答に困る。

冷たいものを食べさせすぎない、というのは気を付けている事項の一つだからだ。

だが、二人の純粋なおねだりの眼差しに勝てるほど、伽羅の心は強くなかった。

「小さいのならいいぞ」

そのままおねだりに負けそうな伽羅の様子に、涼聖が先に返事をする。

「ちいさいの……どのくらい？」

「最初の半分だ。それ以上は体を冷やすからな。お腹を壊したら、おいしいものを食べられなくなるだろう？」

半分と聞いて、一瞬「それだけ？」という顔をした陽だが、デメリットを説明されて納得したらしい。

普通にフルーツポンチを自分の器に掬って入れ――追加でミカンとパインを掬い直していたが

——伽羅にアイスクリームを添えてもらう。

ディッシャーがないので普通のカレースプーンだが、伽羅は器用に楕円形になるように掬うと陽のフルーツポンチに添えた。

アイスクリームのおかげでデザート感が増し増しになり、陽とシロは嬉し気に微笑み合う。

「二人とも、先に食べ始めるといい」

琥珀が声をかけると、陽とシロは同時に頷《うなず》いて食べ始める。

もっとも、シロにとっては賽の目にされていても大きいので、陽がシロの食べたいものを小皿に取り分けて、シロの口に入りやすいようにスプーンの側面で切り分けてやっている。

仲のよさそうな様子に目を細めつつ、伽羅は手際よく三人分のフルーツポンチを取り分け、それぞれにアイスクリームを添えてから、いったん、アイスクリームを冷凍庫にしまいに行った。

以前通りの穏やかなおやつタイムだ。

すべてが元通りになったと錯覚しそうになる。

——そう、錯覚だ。

実際には、この穏やかな時間はいつ崩れ落ちるか分からない砂上《さじょう》の楼閣《ろうかく》にも似ている。

敵が、いつまでも大人しくしているとは限らないのだ。

ここに退避する時、琥珀は追跡ができないよう術式を組んだ。だが、完全ではない。

龍神《りゅうじん》も琥珀たちを受け入れたあと、痕跡の除去と攪乱《かくらん》を行ってくれた。

簡単にここに気づかれることはないと思うが、それでも、という不安は拭えない。

それに、涼聖とのこともある。

眷属の話はいったん棚上げの形になったが、涼聖は琥珀との関わり方——いや、目に見えない世界との関わり方を変えたいと言った。

その上で、知るべきことは知りたいのだと。

もちろん、涼聖は、知ったからといって自分にできることが増えるなどとは思っていない。

ただ、今後いろいろなことを決断する上で、琥珀の状況や立場などをより深く考えて答えを出したいということだろう。

それだけ自分を思ってくれているということは純粋に嬉しいと思うし、ありがたいとも思う。

しかし、今この状況で——何もなくても神界に属する者と人とは、みだりに近づいてはならぬというのに、決して安全とは言えないこの状況で、涼聖を巻き込むかもしれないことは避けたいとも思ってしまう。

涼聖のまっすぐな気質を考えると、こちらの世界について詳しく知れば、間違いなく琥珀のために動こうとするだろう。

そのこと自体は、嬉しい。

だが、涼聖を危険に晒《さら》したくはない。

その二つの感情が常に琥珀の中に交互に浮かんで、まだ涼聖にこちらの世界のことを伝えるには至っていない。

もっとも、何から伝えればいいのか自体、まだ琥珀は分かっていないのだが。

「こはくさま、たべないの？　アイスクリームとけちゃうよ？」

二口ほど食べたあと、すっかり手が止まってしまっていた琥珀に陽が声をかける。

陽の言うとおり、アイスクリームの表面が溶けて、蜜に流れ落ちていた。

「ああ、本当だな。少し考え事をしていた。溶けぬうちに早く食べねば」

琥珀はそう言ってスプーンでアイスクリームを掬い、口に運ぶ。

甘さと冷たさが口に広がるのを感じながら、琥珀はいったん、思考を閉じた。


おやつのあと、陽はシロと一緒にツリーハウスの掃除に向かった。

ツリーハウスは断熱材を入れていないので、これから暑くなる季節は熱中症避けのために、あまり行かないようにと涼聖からお達しが出ているのだ。

もちろん閉め切りにはせず、適宜、風を通すために行ったりはするが、長居はできないので、留守にする前の片づけと掃除をするのである。

陽は定期的にツリーハウスをちゃんと掃除して綺麗《きれい》に使っているが、今日は冬の大掃除に次ぐレベルで、細かなところもやるつもりなのだ。

「じゃあ、おそうじしてきまーす」

はたきにぞうきん、バケツを持ってシロと一緒にツリーハウスに行くのを見送ると、涼聖は電子化しているカルテの見直しのために自室へ引き上げた。

琥珀も部屋に戻り、反魂《はんごん》を行おうとしている連中との作戦に関して、改めて考え始めた。

白狐《びゃっこ》は、相手の根城を摑むために引き続き注力すると同時に、研究されてしまっている既存の術式に依らない、新たな術の開発が必要だと話していた。

——新たな術、か……。

言葉にするのは簡単だが、それがどれほど難しいことかは白狐とてよく分かっているだろう。

しかし、あの時の状況を知る琥珀は、新たな術がなければ、今後の戦いが不利でしかなくなることが容易に想像できた。

伽羅が持てる力のすべてで張った結界すら、半分強にまで削られたのだ。

五尾以下の稲荷《いなり》が使い物にならないとなれば、戦える者はわずかだ。

そのわずかな者でさえ、力を削られてしまえば、どう考えても不利だ。

——だが、黒曜《こくよう》殿や玉響《たまゆら》殿の部隊には、力を半減させられた者が出たという報告は聞かなかったな……。

あの時のことを琥珀は冷静に思い返す。

まず、黒曜と玉響、二つの拠点の結界が破られた。

琥珀が張ったのはあくまで補助結界であったため、時間稼ぎ程度の力しかなく、そうこうする間に琥珀がいた拠点で崩落が起こり、地面に見たことのない術の文様が浮かび上がった。

動けない者たちが出たのはそのあとだ。

あの文様に捕らわれたことで発動するものなのだろう。

ならば、黒曜や玉響の部隊の行く手にも仕掛ければ、相手はもっと容易にこちらを追い込めたはずだ。

だが、そうはしなかった。

もちろん、玉響の拠点では六尾の稲荷が新たに張った結界が弱体化し、繰り返し破られたということから、なんらかの術が使われたのだろうが、琥珀たちの拠点ほどではなかったようだ。

つまり、あの規模での術を使える者が限られていたということだろう。

そして、あの時に術を使ったと思しき術者は白狐からの札で消滅したか、そうでなくとも深手を負ったはずだ。

とはいえ、相手方の戦力は不明だ。

どの程度、似たような術者がいるかは分からない。

楽観視などできなかった。

答えの出ない問いを堂々巡りのようにしていると、

「琥珀殿、入っていいですかー？」

おやつの片づけと夕食の下ごしらえを終えた伽羅が襖戸越しに声をかけてきた。

ああ、と琥珀が返事をすると伽羅がすぐに入ってくる。

「何かあったか？」

「特別に何かってわけじゃないんですけど、本宮の同僚から昨日の夜に連絡があって」

言いながら、伽羅は琥珀の前に腰を下ろした。

「どのようなことだ？」

「過去に消えた稲荷の再調査に当たってるらしいんですけど、秋《あき》の波殿《は》が勧請《かんじょう》されていた頃の記録について、何度目かの再調査に入ってて、秋の波ちゃんは『何度も本宮に助けを求める文を出した』って証言されてますよね。でも本宮からは返事がなかったって。でも本宮側には秋の波殿からの文が届いた痕跡はなくて」

秋の波が今の体を持ち、話ができるまでに回復した頃、当時の記憶からそのように話していた。

当然、本宮ではその記録に基づいて調査をしたが、秋の波からそういった内容の文は届いていなかった。

「勧請稲荷は定期的に本宮へ報告のために帰還することになっています。その際に帰還が難しいほどに衰退していれば、今は本宮から助けが入るようになってるんです」

稲荷は一時期、勧請されることが非常に増えた。

ご利益の一つに「商売繁盛」があるため、商家に好んで勧請されたのだ。

しかし、勧請された稲荷がすべて今も祀られているわけではない。

その商家が衰退《すいたい》し、一家離散のようになったとき、社《やしろ》をそのままにしてしまったことは多いし、琥珀にしても、祀《まつ》ってくれていた集落が時代の流れで人が少しずつ流出して消え、そのために琥珀も人知れず消えていく運命にあったのだ。

そういったことが増え、本宮は勧請稲荷に現状の報告を数十年に一度行うようになった。

数十年とは、人の感覚でいえばかなり間隔が長く感じるが、膨大な勧請稲荷の数と、稲荷が有する力に問題が出るまでのことを考えると、通常はそれで問題ないのだ。

「秋の波殿は、その制度ができる過渡期だったこともあるんですけど……秋の波殿からは、鉱山の崩落が起きたという報告はあったそうなんです。その後の本宮からの文には『なんとかなっている』と返事が来ているらしくて」

「秋の波殿は、そのことを覚えては？」

「もちろん、秋の波ちゃんに聞いたらしいんですよ。でも秋の波ちゃんの記憶も完全ってわけじゃないんで、本宮に鉱山の崩落の件については報告した気がするけど、そのあと、問い合わせの文が来た記憶も返事をした記憶もないってことで……」

伽羅はそう言って一つ息を吐いた。

「秋の波ちゃんいわく、記憶はないとはいえ、なんとかなるかも、と思えた時期もないわけじゃないらしくて……だから、覚えていないだけかも、と」

「だが、秋の波殿が本宮に助けを求めて出した文は届いていない」

「本宮として、それに対する見解は三つ出ています。一つは秋の波殿の力が相当弱まっていて、すでに本宮に文を届けることができなくなっていた。もう一つは、力が弱まって精神的に問題が起きていた秋の波殿が、文を出したと勘違いしているかもしれない。最後の一つは、何者かが文を握りつぶした」

指を一本ずつ立てながら言った伽羅の最後の言葉に、琥珀は眉根を寄せた。

「……最後であれば、秋の波殿が本宮に対して大丈夫だというような旨を送った文も、その者が捏造《ねつぞう》した可能性が出てくる」

「そうなんですよー。本宮でも見抜けないような捏造ってなると、順調に報告が来てる勧請稲荷たち全員が本当に大丈夫かって問題になってきちゃうんで、かなり大事になるかもーって」

黒曜やその配下が、調査に当たってもいるが、それは応答のない者を中心としたものだ。

もし、すべての勧請稲荷を対象にとなれば、膨大な数になる。

「だが、しらみつぶしにやるしかない、ということなのだろう?」

「おそらく、そういうことになるだろう、とは。ただ……先だっての作戦の失敗がありますから、もし調査先で敵と出くわした場合のことを考えると、おいそれと調査の稲荷を出すわけにもいかなくて……」

もし、敵があの術を使える者だった場合、五尾以下は無力化されるに等しい。

琥珀を庇うためにまともに術を食らったとはいえ、七尾の伽羅でさえ深手を負ったのだ。調査に当たることのできる者は相当限られる。

「そのためにも、一日でも早く新たな術式を、ということだな」

そう言って今度は琥珀が息を吐いた。

「その件で、俺、思ったんですけど、琥珀殿は今回、相手の術に影響受けなかったじゃないですかー？」

伽羅が言う。

確かに、琥珀はあの時、相手の術式の影響を受けることはなかった。

「だから琥珀殿が使ってる術式を応用すればいいいんじゃないかって思うんですけど」

続けられた言葉に琥珀は頭を横に振った。

「それは難しい」

「なんでです？」

「私が現在使っている術の大半は、本宮の基本術式を使ったものだ。当然、それらは使うことができぬ」

「本宮に招かれる以前に使っていた術、ありますよね？」

「ああ。その術に関して、本宮で研究させてもらえぬかと言われ、協力したことがあるが……私が独自に作り出した術は、私が使うからこそ発動する術らしく、本宮の術部の稲荷では発動しなかったのだ」

「あー……、そうだったんですかー。そうですよね、白狐様が、琥珀殿の独自の術式のことに思い至らないわけないですよねー」

ひらめいたと思ったんだけどなー、と伽羅は頭を抱えてみせる。

「他の神族の術式を元にするとしても、月草殿《つきくさ》のところから来てくれた兵士の中にもあの術にかかった者がいたことを考えれば、月草殿系列の神族も、攫《さら》われて研究されたあとだと推測していいだろう。そうなれば、どの神族の術式なら知られていないか、が分からぬ」

黒曜たちの調査は、稲荷に限ったことではない。

調査途中で空になった祠《ほこら》があれば、なんらかの形跡がないかすべて調べている。

だが、相手が痕跡を残すようなへまをするはずもなく、自然に消えたか、攫われたか、は判然としないのだ。

「相手の正体が分からないっていうのも、ネックなんですよね……」

伽羅の言葉に琥珀は頷いた。

「相手の属性が分かれば多少、打つ手を見つけることもできるが」

分かっていない今は、それもできない。

「少なくとも、龍神族でないことだけは確かであろうが」

「龍神族だったら、俺たち、間違いなく全滅コースでしたよねー」

伽羅は肩を竦《すく》める。

力の回復途中の龍神であっても、その威力は絶大だ。

通常の龍神が敵であれば、全滅という伽羅の言葉は間違ってはいない。

「龍神殿クラスの神族じゃないとしても……該当する神族多すぎですしね」

ため息をつくしかない、というのが現状である。

わずかの沈黙ののち、

「敵の数は、それこそ湧《わ》いてるって感じでしたけど、寄せ集めって感じは否めなかったですよね。

……術士と、琥珀殿が対峙したあの男を除けば」

伽羅が言ったのに、

「あの男を、伽羅殿は覚えているか?」

琥珀が聞いた。

「んー、覚えてるってほどじゃないです。ぱっと見た感じ、見た目的には俺よりちょっと若いかなってくらいのことで……実年齢は別として、ですけど」

あの時、伽羅は張った結界の維持と動けない者の収容に必死で、琥珀が相対していた敵のことをちゃんと見てはいなかった。

だが、琥珀の死角にいた術士が、琥珀に向かって術を放とうとしたのが視界に入った瞬間、体が勝手に軌道上へと走り出していた。

感じたのは痛みではなく、全身がバラバラになりそうな衝撃。

その先の記憶はなく、目が覚めた時には治癒院《ちゆいん》の中でも重篤な者にあてがわれる治癒膜室の中だった。

「あの男が、どうかしたんですか？」

伽羅が問うのに、琥珀は少し迷うような間を置いてから、

「赤い目をしていた」

と告げた。

そのことは白狐にも伝えたし、琥珀の記憶から、琥珀が見たもののすべてを白狐は見たはずである。

だが「赤い目」の意味するところについては、単なる偶然に過ぎないのではないかと思えて、言わなかった。

しかし、伽羅は琥珀の言葉に目を見開き、

「赤い目って、それ……千歳《ちとせ》くんが…」

符合《ふごう》する記憶を口にした。

「ああ。千歳殿が『助けてくれた』と言っていた、と」

琥珀も伽羅も、千歳が危機に陥った現場には居合わせていない。

いたのは涼聖とシロだけだ。

その二人も「赤い目」の存在は見ていないし、千歳自身も、自分がそう言ったことさえ覚えていない。

それでも、気にかかった。

「あまり関連付けて考えてしまうのも問題だろうと思う」

特に不運に見舞われた時だ。

朝、いつも挨拶をしていくお地蔵様を、遅刻しそうだからと挨拶をせずに通り過ぎたとして、その日に限ってどうということのないミスで上司に叱られ、そのせいでテンションが下がって仕事ははかどらず、少し遅れて昼食に向かえばランチは目の前で売り切れ、挙げ句退勤時に降るはずのない雨に見舞われでもすれば、

『ああ、きっと、今朝急いでいてお地蔵様に挨拶をせずに出かけたから、罰が当たったのだ』

と、関連付けてしまうことがある。

だが、実際にはそうではない。

単純に上司の機嫌が悪く八つ当たり的に叱られただけだ。

余裕のある日なら、むかっ腹が立っても「なんだよ、八つ当たりしやがって」と吐き捨てて終われるようなことだろう。

だが、そもそも遅刻しそうになったということで、落ち着かない気持ちだったのかもしれない。

そこに八つ当たりでネガティブスパイラルを起こして、仕事がはかどらなかった。

ランチの売り切れは、昼食に向かう時間が遅かったのだから当然あり得る事態だ。

退勤時の雨も、ゲリラ豪雨が珍しくない昨今、よくあることなのだ。

それぞれ、単独で考えれば「そんなこと」で、普段であれば気にもしないのに、何か一つ気がかりがあるだけで、そこにすべて関連付けようとしてしまう。

それは、事実を歪めてしまうことが多く、気を付けねばならないことだ。

「……仮に千歳殿の言う『赤い目』があの男だったとしても、千歳殿を『助けた』というのが、行動としてしっくりこぬ」

続けられた琥珀の言葉に伽羅は頷いた。

「確かにそうですよねー。千歳くんは正直、喉から手が出るくらい『欲しい』存在ですしね」

目に見えぬものに『好かれやすい体質』を持つ人がいる。

千歳はそのことで深く悩み、涼聖の祖母である染乃《そめの》の霊に導かれて、この家にしばらくの間滞在していたのだ。

「あの時は、龍神殿の加護を受ける前でしたから『赤い目』があの男なら、連れ去って千歳くんを何らかの形で利用するほうが得策っていうか」

と、分析する伽羅の言葉に琥珀が頷いた時、

「こはくさま、はいっていいですか？」

襖戸の向こうからお伺いを立てる陽の声がした。

その声に琥珀は伽羅を見て、この話はこれまでだと頷きあってから、

「ああ、入るとよい」

陽に許可を出す。

陽はすぐに襖戸を開けて、シロと一緒に入ってきた。

その手には手紙を持っていた。

「しょうけいのおじいちゃんから、おへんじきたよ」

にこにこしながら琥珀に差し出した。

しょうけい――祥慶《しょうけい》のおじいちゃん、というのは、陽の遠い親戚にあたる血筋の稲荷一族の長《おさ》だ。

祥慶という稲荷を始祖とする小さな一族で、陽がその一族と関わりがあると分かった際にはいろいろな顚末があったが、今は折に触れて会いに行くようになっていた。

今回は本格的な梅雨前に会いに行く、ということになっており、こちらの都合のいい日をピックアップして打診していたところだ。

その返事が来たのだろう。

「おじいちゃん、いつあそびにいったらいいって？」

陽は琥珀の前にちょこんと座り、にこにこしながら問う。

琥珀は文を開き、文面に目を通す。

丁寧な時候の挨拶と、先日、こちらからの文に添えた陽の写真と手紙の礼——健やかな成長を喜んでくれていた——があり、日付が記されていた。

「来週の土曜でどうかと」

「らいしゅう！」

陽の想定より早かったのだろう、パッと更に笑顔になる。

「よかったですねー、陽ちゃん」

伽羅が声をかけると、陽は頷いた。

「うん！　あした、おかいものにいったら、おじいちゃんと、むこうのきつねさんにわたすおみやげ、かわなきゃ！　シロちゃん、なにがいいとおもう？」

「ひもちのするおかしと、ワンチュルルはてっぱんだとおもいます」

陽の相談に、すぐにシロは答える。

「じゃあ、きなこちゃんのチュルルかうのといっしょに、ワンチュルルもかわなきゃ。りょうせいさんにおねがいしようっと。あと、あそぶもの、なにもっていこうかな。ボールをもっていくのはぜったいなの」

「いつも、やきゅうボールをおもちになりますから、こんかいはおおきめのものも、もっていかれてはどうですか？」

楽し気に相談し合う二人の様子はいつも通りに愛らしく、和む。

だが、それと同時に、琥珀は自分の中に横たわる漠然《ばくぜん》とした不安を覚えていた。

2

本宮には様々な部署があるが、その中でも術部は本宮の敷地内で、本殿からやや離れた場所に独立した宮を構えている。

術部に所属する稲荷は、百名ほどいるが、全員が日々、新たな術の構築や、術の改良に勤しんでいた。

その中、上級研究員に名を連ねる二十名ほどの稲荷は、この日、会議室に集まり、一様に難しい顔をして頭を悩ませていた。

理由は、先だっての反魂を行おうとしている輩との交戦で、既存術式を弱体化する術が開発されていると分かったからである。

白狐からは、既存の術式に依らない新たな術を生み出すようにと通達があったのだが、簡単な話ではない。

「一から、二や三を作っていくのは、困難とはいえこれまでも成し遂げてきたことですが、ゼロから一を、というのは……」

重苦しい空気の中、そう言ったのは術部主任稲荷の枳《からたち》だ。

その言葉に大半の稲荷が困り顔で頷く。

「ホホー」

「報告書を見るに、玉響殿の陣営で六尾の稲荷の張った結界が繰り返し破られたとありますし、七尾の伽羅殿の結界も、半分ほど制限されたとのことですから、事態は深刻……」

「ホーホー」

「結界術は皆独自の改良を加えていることが多いはず。にもかかわらず繰り返し破られたとなると、やはり根幹的な部分を解読されているのはまちがいないですしね」

「ホホー」

ぽろぽろと意見は漏れるものの、基本、そこにあるのは深刻な沈黙だ。

だが、その中、

「ホホーホーホー、ホホーホーホー、ホホホホッホホホッホホホーーーホホホー」

会議に参加している稲荷が持っていた改良中の卓上鳩《はと》時計が、暴走して泣き止まなくなった。

「朱華《はねず》、さっきからちょいちょいうるさい。さっさと止めろ……」

枳が冷ややかな視線を向けて言う。

だが、鳩時計の持ち主であるモノクルを装着した痩身優美な朱華という名の稲荷は、枳の視線にまったく怯む様子もなく、通常運転な顔で、

「卵を産めば大人しくなるので」

さらりと返した。

「鳩時計の鳩に卵を産む機能をつけるな。そして、なんでそんな機能をつけた……」

もっともな枳の問いには、

「記念日設定ですが……」

至極普通にそんな答えが返ってきてしまった。

その答えに、その場にいた全稲荷が『ちがう、そうじゃない。そんな返事を聞きたいわけじゃない』と胸のうちで思う。

そんな中、「ホホー！」とひときわ大きな声で鳴いたかと思うと、鳩は突然静かになった。

どうやら卵を産んだらしい。

朱華は産み落とされた卵を指先でつまむと、手のひらに載せた。

「ちなみに孵化《うか》させると新たな鳩時計が」

「量産するな」

脱力するしかないやりとりを聞きながら、やはり全稲荷が「これだから朱華は……」と思っているのだが、他でもない朱華なので諦めている。

というか、いろいろな意味で諦めたほうが早い、と認識されているのが朱華という稲荷なのである。

とりあえず、鳩も静かになったので、

「とにかく、基本の術式をいったんバラして見直しを……」

仕切り直すように一人の稲荷が言い、緩んでしまった空気を戻そうとしたその時、突然会議室の扉が、バーン！　と音を立てて大きく開かれた。

「すみません！　寝坊しちゃいました！」

やや焦った様子で入ってきたのは、綺麗系可愛い容貌でクリーム色の耳と七本の尻尾を持つやや小柄な稲荷だった。

だが、その稲荷が姿を見せたとたん、

――来やがった……。

――荒れるな、この会議……。

その場にいた、朱華以外の稲荷が、似たような感情に襲われていた。

「茅萱《ちがや》、昨夜も遅くまで研究していたのだろう？　無理をせず休んでいいぞ」

そう言ったのは、術部副長官の春日野《かすがの》だ。

茅萱を気遣う言葉だが、春日野の本心は「寝ててほしかったなー。部屋に帰って寝てくれないかなー」である。

が、そんな希望も空しく、

「だいじょーぶです。ちょっと寝て、すっきりしましたし、がっつり起きちゃったんで」

ニッコリ笑顔で茅萱と呼ばれたその稲荷は言い、全員を絶望に導いた。

そのまま茅萱は、彼の席として準備されていた朱華の隣に腰を下ろした。

その様子に、やはり朱華以外が「揃っちゃったなー」と諦めモードで思う。

朱華と茅萱。

この二人は、術部において問題児のツートップなのだ。

術部の研究者としては頭抜けている。

その分、ちょっとアレなのだ。

「今日の議題ってなんだったっけ？」

茅萱は隣の席の朱華に聞いた。

「既存術式に依らない新たな術式の構築についてだ」

朱華は、鳩が産んだ卵を手で弄《もてあそ》びながら説明する。それに、

「あ、鳩、卵産んだんだ？　何記念日？」

茅萱は遅れて来て会議をぶった切ったのもお構いなしに——その前に、鳩時計の産卵で会議の空気はぶった切られていたが——興味を卵に移して問う。

「はじめてコーヒーを飲まされた記念日だ」

「あー。泥水色の苦い液体」

「だが、美味《うま》い」

「あれがおいしいとか、味覚おかしいんじゃないの？」

マイペースに朱華との会話を楽しむ茅萱だが、

「既存術式に依らないって言っても、どの程度まで『依らない』んならいいんですか？　ゼロベースで？」

急角度で話を戻し、春日野に聞いた。

いきなり話を振られたのに春日野は一瞬、戸惑うような間を置いたが、

「それが望ましいとは思うが……」

返事をする。

その言葉に、大半の稲荷はため息をついた。

基本術式は、いわばライフラインのようなものである。

今、本宮で使われている術式は、その上で作り上げた『料理』なのだ。

基本術式に依らない、ということは、鍋も釜もなく、まして火種も井戸もないのにこれまでと変わらぬフルコース料理を作れ、と言われているに等しい。

正直、かなりの難題である。

即座に妙案など出るわけもなく沈黙が広がる中、朱華が小さく手をあげ、発言許可を求めた。

「何か案があるのか？」

春日野が問い返すと、

「影響の出なかった者がいると聞いています。中でも、こちらに術のことで支援してくれている琥珀殿も影響を受けなかった一人と。術に明るい琥珀殿に頼るのが早いのでは？」

朱華は真っ先に思い当たる琥珀のことを口にした。それに多くの稲荷が、おお、と賛同するような声を漏らした。

しかし、春日野は表情を曇らせた。

「それができるなら、悩みはしない。琥珀殿が独自で編み出した術は、確かに本宮の術式とはまったく異なっているが、術発動の要因が琥珀殿自身らしく、琥珀殿以外の者が同じ術式を使っても発動しないことがすでに確認されている」

一瞬、希望を見いだせそうだっただけに、春日野の言葉で訪れた沈黙は、これまでよりも重かった。

「琥珀殿が発案され、本宮でも使用している術があるが、あれらは皆が使えるよう、本宮の基本術式を使っているゆえ、やはり威力《いりょく》は半減するだろう……。とはいえ、琥珀殿も何かよい手立てがないか考えてくださるとのことではあるのだが」

何とか希望を繋ごうと春日野は続けたが、難しい話であることは全員が理解していた。

琥珀は確かに術にも明るく、琥珀が発案し、本宮に提供してくれた術は一つや二つではないが、それでも基本術式を編み出す、というのはレベルの違う難しさだ。

日々、術のことだけを考えている術部の研究員が雁首《がんくび》を揃えても、今のところ何一つとしてとっかかりになりそうなことが出ないのだから。

深く重い沈黙が会議室を覆い尽くす中、

「相手がこっちの連中攫って研究してんなら、あっちの誰かとっ捕まえて解体して研究しつくしちゃえばよくないですか？」

そんな暴力的な意見を口にしたのは茅萱だった。

「そんで、互いに術的な無力化をやっちゃって、ガチの殴り合いに持ち込めば勝てると思うんですけど」

そしてさらりと術部の者とは思えぬ発言を続けてきた。

正直、聞いていた稲荷は「おまえ、何言ってんの？」とキョトン顔である。

いや、言っている内容は分かる。

分かるが、なぜそんな脳筋な発言になっているのかと聞きたいのだ。

「……いくらカーリー・玉響様がいると言っても、無傷ではすまんだろう」

至極真面目な顔で朱華は返し、出てきた玉響の二つ名を、他の稲荷たちは驚くことなく受け入れる。

すでに「玉響＝カーリー」説は術部にまで轟いていた。

「うーん、いい案だと思ったんだけどなー」

茅萱は残念そうに言ってから、

「ゼロベースで作るってなると、火打ち石で火をつける方法じゃなくて、水で火をつける方法を見つける的な感じかぁ……」

考え方の方向性としてそう続ける。

「水で火をつけるなんて、夢のような話だな」

たとえにしても突拍子もないという意味合いで、稲荷の一人が言うのに、

「いや、つけられるんですよ。水蒸気って普通に百度超えるんで。それを考えたら木火土金水《もっかどこんすい》の概念《がいねん》すてちゃえば、新しい術式も作れると思うんですよね」

さらりと茅萱は返した。

不可能を可能にするなどというレベルのことを、さらりと言ってのけた茅萱に、話を聞いていた本日三徹目の稲荷が、

「思うってだけなら誰にでも言えるだろう……っ」

苛立ちを含めた声で言った。

しかし、その苛立ちをまともに受け止める茅萱ではなかった。

「そうなんですよねー。だから向こうの連中、二、三人とっ捕まえてきて、研究しちゃったほうが早くて。殴り合いなら腕に覚えのある連中がなんとかしてくれるっていうか」

やはり脳筋なことを口にする。

——なんでこいつ、拳《こぶし》で解決しようとしてんの？

——術部所属ってこと忘れてないか？

と、多数の稲荷が思う中、茅萱の隣の朱華は腕を組み、

「五、六人は欲しいな」

なぜか茅萱の意見に乗っかろうとしていた。

その流れに、

――ダメだ、この二人……。

そう思った春日野は、

「すぐ妙案が出るとは思っていない。今日は、通達内容についての説明と簡単な意見交換をと思っていただけだから、これで解散しよう。とりあえず各自持ち帰り、ゼロベースで何かできないか考えてくれ」

解散を告げる。

実際、このままここに集まっていたところで、建設的な意見など出ないだろう。

せいぜい、茅萱と朱華が敵を捕まえに行く手はずを整えようとするくらいのことだ。

稲荷たちが会議室をぞろぞろと出ていく中、

「朱華、茅萱」

春日野は扉へと向かう二人を呼び止めた。

二人は足を止め、春日野を見る。

「なんですか?」

茅萱は小首傾げポーズで聞いてくる。

そのあざといまでの可愛い様子に、これまで何人の稲荷が騙されてきたかと思いつつ、

「研究のために敵を攫いに行くのは、現状では禁止だ」

釘を刺す。

「えー！　手っ取り早いのに」

少し唇を尖らせる茅萱と、おや残念、とでも言いたげな表情の朱華に、やっぱりやる気満々だったのかと春日野は胸のうちでため息をつく。

「敵へ不用意に近づくな。術部はあくまでも新たな術式の構築を目指す、いいな？」

念押しする春日野に、茅萱と朱華はとりあえず頷いた。

何かとアレなところのある二人だが、明確に言い渡された禁止を破るほど、愚《おろ》かではない。

そのあたりは信頼していい。

二人が会議室を出ていくのを見送って、ため息をついた春日野に、

「お疲れ様です」

枳がねぎらう言葉をかけ、それに深く頷く春日野だった。

◆◇◆

会議室を出た茅萱は、研究室に戻る朱華と別れ、気分転換でそのまま本殿の庭へと向かった。

術部の宮から本殿までは多少距離があり、そこまでの道のりには小さな池が設えられていたり、季節折々の花が咲くように植栽が整えられていたりする。

それらを愛でつつ茅萱が庭へと入ると、少し離れたところでふわふわの金色の髪をした三、四歳に見える幼稲荷が蹴鞠《けまり》をして遊んでいた。

いや、蹴鞠、と言えるほどの技術ではない。

投げた鞠を、足で捉えようとして失敗したり、なんとか蹴れても明後日の方向に飛んでしまったりしている。

その幼い失敗は、見ていて微笑ましい。

茅萱はしばらく幼稲荷の姿を見ていたが、「ふむ」といった様子で、鞠を抱え、一時休憩に入ったのを見やると声をかけた。

「そこのカワイコちゃん、おにーさんとお茶しない?」

その声に、幼稲荷——秋の波は視線をそちらに向け、そして声をかけてきた人物が茅萱だと確認できたとたん、

——あ、やべぇ……。

胸のうちで呟くと同時に、警戒態勢に入る。

何しろ、

『ちょっと変わった素敵な稲荷たち（精一杯のオブラート表現）』

の巣窟である術部で一、二を争うマッドサイエンティストの一人（なお、もう一人は朱華）と名高い茅萱は、常々、「秋の波」の存在そのものに心惹かれており、折に触れて、

「研究させて♡」

な感じで声をかけてくるのだ。

一見無害そうな茅萱の誘いに、秋の波はうっかり騙《だま》されて術部に連れ込まれそうになったことがある。

その時は、たまたま白狐が術部に用があり、出てきたところで鉢合わせしたので、何事もなく秋の波は白狐とともに本宮に戻ってきたのだが、あとで、

「茅萱には気をつけるでおじゃる……」

と忠告された。

もちろん、危害を加えられるようなことはないだろう。

ただ、秋の波の存在自体が不安定であるため、研究過程でどのような反応があるのかわからないのだ。

それもあって、茅萱は白狐から秋の波に対して「お触り禁止」を言い渡されており、決して無理強いをするようなことはないのだが、おやつで懐柔しようという気を隠しもしない。

「おちゃ……」

「うん。おやつの時間だし、お茶菓子も一緒にどうかなーって」

歩み寄りながら返す茅萱だが、手が届きそうで届かない微妙な距離で足を止める。

お触り禁止ゆえだ。

「……さんこうまでに、おちゃがし、なに？」

適当に逃げようと思った秋の波だが、お茶菓子、の言葉に思わず問い返してしまった。

秋の波の問いに、茅萱は少し首を倒し、

「うーん、そうだなぁ……。今日はクレープでも作ろうかなー。生クリームをいっぱい入れて、缶詰のフルーツをたっくさんトッピング。クレープが甘い分、飲み物はレモネードとかクランベリーソーダとかの、ちょっと酸っぱい系にして」

と、提案してきて、秋の波は生唾を飲み込んだ。

その様子に茅萱は畳みかけるようにして聞いた。

「興味ない？」

「……おかわりと、おみやげ、つくの？」

用心深い目で、しかし心惹かれているのも分かる様子で秋の波は聞いてくる。

そんな秋の波に茅萱はにっこり笑った。

「もちろん。秋の波ちゃんスペシャル、みたいなのを作ってお土産にしたらいいよ？　おかわりも自由だし」

それは何とも魅惑の言葉だった。

甘いものを好きなだけ、というのは、秋の波に甘い玉響でさえ特別な時——それこそ、陽と月草も一緒に行ったスイーツビュッフェなど——くらいしか、許可してくれない。

影燈《かげとも》にしても、おやつに関しては結構渋い。

「どうする？」

再度問うてくる茅萱に、秋の波が、

「い…」

行く、と言いかけたその時、

「秋の波を誘惑するのはやめるでおじゃる」

いつからか分からないが、話を聞いていたらしい白狐が二人の会話に割って入るようにして近づいてきた。

それに茅萱は恭しく礼の形をとりつつも、

「人聞きっていうか、狐聞きがわるーい。秋の波ちゃんにおいしいもの、いーっぱい食べてほしいなーってだけなのにぃ」

と、悪びれもせずに言う。

「餌付けをして、あわよくば研究の承諾を得ようとしておじゃるな」

しかし白狐も見抜いたように即座に返した。

「エー、ソンナコトナイデス」

茅萱もすぐに返事はしたが、若干カタコトめいているし、なんなら目も少し泳いでいる。

完全に言い当てられた、というのが丸分かりだ。

「まあ、クレープは我も気になるでおじゃるが、今日の本宮のおやつは、厨《くりや》の長渾身の上生菓子ゆえ、クレープは別の日に、我も秋の波とともに馳走になるでおじゃる」

白狐はさらりと自分もクレープの宴に参加する約束を取り付けてから、

「茅萱、そなたにちと聞きたいことがあるでおじゃる」

そう切り出してから、視線を秋の波に向ける。

「秋の波、すまぬが茅萱を借りてゆくぞ」

「うん！　だいじょうぶ。またね！」

秋の波がニッコリ笑顔で手を振ると、白狐は茅萱を連れて術部の宮のほうへと歩いていった。

小さくなる二人の後ろ姿を見ながら、

「やっばい……。うっかりくれーぷのゆうわくにひっかかるとこだった……」

秋の波は呟いた。

白狐とともに、茅萱は術部に戻ってきた。

術部の玄関を入ると、受付番をしていた術部の稲荷が、慌てて白狐の足を拭くものを持ってきた。

「白狐様、まずは、前足をこちらに」

「うむ、頼むでおじゃる」

白狐が言われるままに両手足を拭いてもらっていると、朱華が通りがかった。

「おや、白狐様のお出ましとは……」

そう言い、礼をしてから、茅萱に視線を向ける。

「本殿の庭で秋の波ちゃん見つけてナンパしてたら、俺が白狐様にナンパされちゃったんだよねー」

明るく返してくる茅萱に、

「秋の波殿を釣るためのおもちゃを開発するか……」

真剣な顔で朱華は検討しようとする。

「二人とも、秋の波にはお触り禁止と言ったであろう。秋の波に何かあれば、玉響殿が黙っておらぬぞ」

足を拭いてもらい終わった白狐は玄関を上がり、そこにちょこんと座って二人に告げる。

「うーん、まずは玉響様の懐柔からかぁ……」

そんなことを言う茅萱と、頷く朱華に、

「新たな術を編み出してほしいと術部に通達したが、その件についてはもう聞いておじゃるか？」

　これ以上、秋の波の話を続けてはまずいと、白狐は話題を変えるのと、そして術部を訪れた目的でもある問いをして、どの程度まで話が進んでいるかを知るために聞いた。

「はい。先ほどまで、その件で会議でした。でもゼロベースで新たなものをとなると、基礎構築だけでも時間がかなりかかりますし、そこから応用術を作って、まともに『使える』術にするまでどのくらいかかるか……」

　茅萱はさっきまでとは違い、真面目な顔で返した。

　茅萱の返事に頷いた白狐は、

「基礎構築にどの程度かかるでおじゃる？」

　さらに問いを重ねる。

「何か一つでも思いつけば、二月ほどかかと。でも、思いつくかどうかが、まず問題です」

　朱華が返した。

　ゼロから一を。会議でも一番問題になったのがそれだった。

「そこを何とか思いつくでおじゃる」

　無茶ブリを口にする白狐に、

「完全ゼロベースとなると、どれだけ時間がかかるか分かりませんが、今ある基礎術式を魔改造レベルで弄って作るなら、一ヶ月もあれば基礎構築は可能だと思います」

朱華が意見と見解を伝える。

それに被せるようにして、

「ぶっちゃけ、反魂をやらかそうとしてる連中との、一発勝負のドンパチに使うなら、それでも充分叩けるんじゃないかと思います」

茅萱が続けた。

「ほう?」

「要するに『研究されてない術』が必要なんであって、一発勝負ですむなら、魔改造レベルを上げてその時に相手が研究してきてる無力化っていうか、無効化の術が効かないようにしちゃうことで、対応できるんじゃないかと……」

茅萱の言いたいことは分かる。

その場しのぎ感は否めないものの、あと一度の戦闘ですむなら、それでもいいだろう。

だが、一度ですむ保証はない。

それに、相手がこちらの術を研究して、術の効力を抑えることに成功していることは分かっているが、それがどんな術であるのか、どこまで効力があるものなのかは分かっていないのだ。

基礎術式の改造で通用するかどうかも定かではない。

白狐はしばらく考えたあと、

「あくまでも、主軸はゼロベースでおじゃる。とはいえ、ゼロベースでまったくことが進まぬという事態になれば問題ゆえ、そちらも並行して進めておじゃれ」

二人に向かい、告げた。

「はい」

「かしこまりました」

茅萱と朱華は神妙な顔で返し、頷く。

「難しいことを頼んでいるのは重々分かっておじゃる。だが、まったくの勝算もなく頼んでいるわけでもないでおじゃる」

難しくはあっても無理ではない。

白狐はそう確信している。

それだけ、術部のこれまでの研究成果は秀でたものなのだ。

白狐がそう返した時、受付の稲荷から白狐の来訪を聞いたのだろう、春日野が玄関に姿を見せた。

「白狐様にお運びいただくなど……。お声がけくだされればこちらより参じましたのに」

慌てた様子で言う。

「いやいや。我も気分転換が必要ゆえな。長は、不在でおじゃるか?」

「結界の点検中ですが、まもなく終わるかと。どうぞ、こちらへ」

春日野はそう言って白狐を奥の応接室へと案内していく。

それを見送った茅萱と朱華は、

「ゼロベース、かぁ……。どーする？」

「何も思いつかんが……、とりあえず、琥珀殿独自の術式を研究することで、何かヒントがあるかもしれないとは思う」

真面目な顔で相談し合い、どちらからともなく研究室へと向けて歩き出す。

「そういえば、伽羅殿、琥珀殿のとこに戻ったんだろ？」

歩きながら問う茅萱に、朱華は頷いた。

「ああ。まだ、尾は戻っていなかったらしいが」

「琥珀殿に術について詳しく教えてもらうって名目であっち行ったら、噂に聞く伽羅殿のピザ食べられたりしないかなーって思うんだけど」

真面目に教えを請うつもりかと思えば、違っていた。

本宮において『史上最年少』の記録を塗り替えてきた伽羅は当然、本宮では有名だし、本宮外の稲荷でありながら白狐の覚えもめでたく、たびたび協力をしてくれる琥珀も、もちろん有名だった。

そして、その伽羅がなぜだか家事に目覚め、様々な料理を習得し、特にピザは玄人《くろうと》はだしで、時々秋の波たちに差し入れをしていることもよく知られている。

とにかくおいしいらしい、と噂《うわさ》で聞く他の稲荷たちの中に、いつか伽羅殿のピザを、と思っている者も少なくなかった。

「……研究に行き詰まったら、ご教示願うという名目であちらに行くことは可能だと思うが」

朱華の言葉に、茅萱は頷くと、

「じゃあ、全力で行き詰まるまでゼロベースと魔改造の研究しよっか」

そう言って、ともに研究室へと入った。

3

今日もその地の空は陰鬱《いんうつ》な色をしていた。

荒涼とした岩の大地は黒鉛《こくえん》の心のうちを映し出しているかのようだった。

その岩盤の中に作られた黒鉛の「城」。

入り組んだ細い通路で作られた内部の深奥にある空間は、そこまでに到る通路や他の部屋とはまったく違っていた。

むき出しのごつごつとした岩盤の壁であるのに対し、滑らかに削られ、ドーム型の天上には四季折々の花々が描かれていた。

光の差さない深奥の空間であるにもかかわらず、描かれた花々がやわらかく照らし出されているのは、台座に設えられた光の玉の輝きがあるからだ。

光の玉の中にぼんやりと浮かぶ人影を、黒鉛は下から見上げていた。

「幸寿丸《こうじゆまる》様……」

愛し気な声音で、黒鉛はその名を呟く。

——優しい子だね——

音にならないような声で、かけられた言葉と、慈しむような眼差し。

――ここは、あぶないから、おかえり――

自分のようなものを気遣ってくるその優しさは、何よりの美徳であるというのに、優しさよりも強さを優先された時代に、彼は潰された。

「幸寿丸、様」

あの頃呼ぶことのできなかった名前を、黒鉛は繰り返した。

◆◇◆

それは、もう、ずいぶんと昔のことになる。

まだこの国がいくつもの小国に分かれて戦を繰り返していた頃だ。

河川が血に染まり、田畑が荒々しい者どもに踏み荒らされることも珍しくない光景となり、人々の中にも常に不穏さが渦巻いていた。

日常の中に戦があるのか、戦の中に日常があるのか、その区別さえ曖昧だった。

その「人」の生活を、黒鉛はただ見つめていた。

黒鉛は、蛇《へび》だった。

神格化するほどの力はなく、かといって、普通の蛇とも違う、中途半端な存在として生まれ落ちた。

いや、力があろうとなかろうと、『蛇』はその姿から忌《い》み嫌《きら》われることの多かった存在だ。よって黒鉛は他の蛇と同じように人目を避け潜んで生きていた。

だが、この時代、黒鉛のいた国では窮乏《きゆうぼう》する者が多かった。

戦に男手を取られ、農作業の人手が減ったことでの収穫減は避けられず、そして、わずかとはいえ天候の不順さで実りが悪かった。

それでも、領主におさめる年貢は減らされることなく、人々は自分の食べる分を減らすしかなかった。

結果、搾取《さくしゆ》される側の者は飢《う》えていた。

食べられるものなら何でも食べる、というところまで追い詰められてはいないが、その手前にあったと言っていいだろう。

多くの者が、山野に分け入り、食べられるものを探した。

野草に限らず、鳥、猪、狸、兎、そういったものだ。

食用家畜を飼う、ということが少なかったというだけで、当時も肉を食べる習慣があった。

だが、狩る数が増えれば山の動物も減る。

やがて、その手は普段はあまり口にしないであろうものにも伸びつつあった。

その一つが、蛇だ。

忌み嫌われる姿ゆえに、時として鎌《かま》などで殺される場合もあるが、追い払われることが常だった。

しかし、食用と見做《みな》されれば違う。

執拗に追い回されることになり、なおさら潜まなければいけなくなった。

そのことを、黒鉛は特にどうとは思わなかった。

食わねば飢えて死ぬ。

それは自分とて同じことだ。だから、獲物を捕らえて食べる。

捕食する側とされる側がクルクルと円を描くように巡る。

正しき世界の形でもあった。

その日、黒鉛は餌を求めて里山に下りていた。いつもは深い山の中にいるが、餌となるものがなく、仕方なく下りてきたのだ。

田に水が張られる季節。

田には蛙《かえる》が多く棲む。それを狙ってのことだった。

もちろん、人目に付きやすい昼間は避けねばならないことは分かっていた。だから里山の倒木の洞《うろ》に潜んで夜になるのを待つつもりだったのだ。

しかし、突然倒木がひっくり返され、

「あ！　へびだ！」

「でっけぇ！」

聞こえてきたのは無邪気さを感じさせる子供の声だった。

黒鉛は急いで草陰に身を隠そうとしたが、わずかに逃げ遅れ、尻尾を子供に捕らえられた。

すぐさま体をくねらせ尻尾を掴む手に噛《か》み付こうとしたが、それより早く子供は黒鉛を振り回し始めた。

その程度のことは、珍しいことでもない。

これまでにも何度か似た目に遭い、抜け出してきた。

蛇は朽ち縄――朽ちて腐った縄、と表現されたこともある。縄のように動きは自在だ。それを可能にするのは数多い骨と柔軟かつ強靱な筋肉だ。

振り回される勢いをものともせず、黒鉛は体をよじり手に噛み付こうとした。

だが、次の瞬間、頭をしたたかに木に打ち付けられた。

「こいつ、かもうとしやがった！」

そのまま繰り返し、何度も木の幹に打ち付けられる。

全身を襲う衝撃と痛みに意識が途切れそうになる。

やがて、打ち付けられるままになった黒鉛を子供は死んだと思ったのか、手を放さないまま土の上に下ろした。

　それを好機と逃げようとしたが、

「こいつ、いきてる」

「しつけぇ！」

苛立ちと同時に、好奇心を抑えきれない声が響く。

子供は厄介だ。

無邪気さと同時に、残酷な一面を持ち合わせている。

大人であれば、鎌などで首を即座に落とし命を絶ってくれるが、子供は捕らえたものを、まるで猫が獲物を弄ぶように、執拗に責めたててくる。

「石、もってこい。ぶつけてあそぼうぜ！」

「さいごはでっかい石で、つぶしちまおう！」

尾を持っていた子供が、手の代わりに足で踏みつけて黒鉛の体を地面に縫《ぬ》い止める。

もう一人の子供が頭を踏みつけた。

そして容赦なく石が飛んできた。

砂利《じゃり》のような細かなものは煩《わずら》わしい程度だ。

だが、それなりに大きなものも交ざっているのだろう、時々、恐ろしいほどの衝撃が襲ってきた。

それでも自由になる部分をくねらせ、なんとか逃げようともがくが、やがてその力も入らなくなった。

死を身近に感じた時、

「おまえたち、やめなさい」

凛《りん》とした声が黒鉛にも聞こえた。

自分を弄ぶ子供たちよりは幾分か大人びた、それでもまだ少年らしさを残す声だ。

子供たちは慌てたように、けれど黒鉛の頭と尾を踏む足はそのままで、悪い蛇がいたんです、と説明している。

「悪い蛇？　毒蛇か？　誰か噛まれたのか？」

少年が心配そうに問うが、子供たちは答えない。

それで、どちらでもないことがはっきりとした。

「可哀想に、血だらけではないか。……無用な殺生はいけないよ」

少年はたしなめる。

「でも、へびは、たべられるから」

「おとうが、へびはせいがつくって」

言い訳めいたことを言う子供たちに、少年はため息をついたようだった。

「では、これを代わりにあげるから、その蛇は私にくれないか？」

代わり、と言って差し出されたものは、よほどいいものだったのだろう。子供たちは、わぁっと声を上げた。

頭を踏んでいた子供が足をどけ、代わりに手で頭の下を掴む。それに合わせて尾を踏んでいた子供が足を離した。

そのまま、持ち上げられ、逃げる好機だと本能的に分かったが、体が動かなかった。

それでも目を開けると、黒鉛の瞳に映ったのは十二、三歳と思しき身なりのいい少年だった。

帯刀していることから、武士の子なのだろうということが分かる。

御付きらしい数名の大人を連れていた。

「生きているけれど、ずいぶん弱ってしまっているね。それに怪我をしてる……。可哀想に」

少年はそう言うと、子供から黒鉛を受け取った。

手は震えていたが、とても優しい手だった。

それでも本能的に体がうねる。

「大丈夫……、怖がらないで。安全なところに行こう」

少年はもう片方の手に持った目の細かい竹籠の中に黒鉛を入れ、御付きの者にすぐ蓋《ふた》を閉めさせた。

黒鉛の体に対し、竹籠は小さく、みっちりと詰め込まれたような感じだが、息苦しいというほどではなかった。

「食べるための殺生は仕方がないけれど、今のように嬲《なぶ》るのはよくない。おまえたちも、手や足をもがれながら生きているのは嫌だろう?」

少年の言葉に、子供たちが不承《ふしょう》不承《ぶしょう》ながら返事をしているのが聞こえた。

それから一言二言話したあと、少年は歩き出した。

「幸寿丸様、お優しいにもほどがありますぞ。そんな蛇など、掃いて捨てるほどいるというのに、お昼食の握り飯と引き換えにされるなど。それに、蛇はお嫌いだったのでは？」

御付きの者が多少の呆れを含んだ声で言う。

「確かに、あえて触ろうとは思わないよ。けれど、あんなふうに嬲られて、理不尽に殺されるのは違うと思うし……ああいうところに出くわしたのは、引き合わせだと思うからね」

その言葉に、幸寿丸と呼ばれた少年を、黒鉛は酔狂な若様だと思った。

御付きの者が言ったとおり、蛇など珍しい生き物ではなく、まして助けるようなものでもない。ちらりと見た身なりから、それなりの名のある家の子であるのは分かった。食うに困る暮らしをしているわけではないからこその、余裕から出た行為だろう。

そんなことをつらつらと考えているうちに、黒鉛は眠ってしまっていたらしい。

はっと気がついたのは、突然光が差し込んできたからだ。

状況を確かめるより先に、黒鉛は光の差し込むほうに顔を向け、大きく口を開いて軽く伸びあがる仕草で威嚇《いかく》した。

「わっ」

驚きのあと、小さく「びっくりした」と続いた声は、昼間のあの若様、幸寿丸のものだった。

助けられた、ということは理解している。

だが、このあと自分をどうするつもりかは分からない。

頭を低くして警戒していると、

「驚かせたね、ごめん。……少し、痛いと思うけど治すためだから我慢して」

幸寿丸はそう言うと黒鉛のほうへと手を伸ばしてきた。恐る恐るといった手つきから、黒鉛を
――いや、蛇を恐れているのが分かる。

伸びてきたその手を避けなかったのは、自分に恐れを抱いているなら、何かあっても少し怖がらせれば逃げられると踏んだからだ。

幸寿丸は黒鉛の首の下を摑んで籠から引きずり出した。

宙に浮いた体は本能でうねり、幸寿丸の腕に絡みついた。

それに驚いたように幸寿丸は体を震わせたが、手を放そうとはしなかった。

「少し痛むよ、ごめんね」

そう言うともう片方の手で、黒鉛の傷口に何かを塗り込んだ。

傷口に触れられて沸き起こる痛みに黒鉛は暴れる。

「痛いよね、ごめんね」

謝りながら、それでも怯むことなく幸寿丸は傷のすべてに軟膏を塗ると、黒鉛をさっきの竹籠ではなく、大きな魚籠へと入れた。

「そこで、休んで」

幸寿丸は魚籠の口の上に竹籠で蓋をし、そして何か重石のようなものを載せたようだ。

竹の編み目が最初に詰められた籠より大きく、隙間から入る光で、中に水の入った湯呑が入れられているのが分かった。

黒鉛は自分の状況が飲み込めなかった。

どこか適当な場所で放されるだろうと思っていたのだ。

だが、治療で外に出された時に見えたのは、品のいい調度が置かれた部屋の中だった。

幸寿丸の部屋なのだろうということは分かった。

――屋敷に連れてきたうえに、治療?

たかが蛇を、昼食と引き換えにしたうえに、なぜそこまでするのか。

――理不尽に殺されるのは違うと思う――

幸寿丸がそう言っていたのを思い出したが、だからといってここまでする理由が分からない。

戸惑う黒鉛だったが、油断はできないものの、殺すつもりはないのだろうということだけは分かり、とりあえず魚籠の中でじっとしていることにした。

籠の蓋が開けられたのは、翌日になってからだ。

魚籠の中を覗き込んだ幸寿丸は、チロチロと舌を出す黒鉛を見ると、

「あ、生きてる、よかった」

安堵したような表情を見せた。そして、

「怪我が治るまでは、そこにいたらいいよ」

と続け、魚籠の中に手を入れてきた。何をするつもりか分からなかったが、幸寿丸は水を入れた湯呑を手に取ると、中の水を取り替えて置き直し、

「ごはん……カエルとか、食べるんだよね？　魚とかだとダメなのかな……」

独り言のように続けながら、また蓋を閉めた。

それからしばらくの間、幸寿丸の気配が部屋にはあったが、本でも読んでいるのか、それとも書でもしたためているのか、あまり動く気配はなかった。

時折、厠《かわや》にでも行くのか部屋を出ることはあったが、少しすれば戻ってくる。

そのうち黒鉛は特に幸寿丸の動きを気にしなくなっていて、気づけば部屋からいなくなっていた。

黒鉛はとぐろを巻いていた体をふっと伸ばし、蓋になっている竹籠を頭で押し上げてみた。

重石として載せられているものは、そう重いものではなく、少し力を入れれば外に出られそうだったが、それを確認すると、黒鉛は再びとぐろを巻いた。

昨日ほどではないが、まだ体には痛みが残っている。

幸寿丸は少なくとも自分を害そうとは思っていない。

逃げようと思えば逃げられるだろうことは、今、分かった。

それなら、もう少し痛みが治まるまではここにいるほうが得策だ。

そんなふうに『ここに残る理由』を黒鉛は考える。

本来、それはおかしなことだ。

逃げられる好機をみすみす逃すような真似は、今までしたことがなかった。

たとえ幸寿丸に自分を害する気持ちがなくとも、他の人間はどうか分からない。

誰かがいきなりこの部屋に入ってきて、魚籠の中を暴かないとも限らないのだから。

これまでの自分なら、さっさと魚籠の外に出て、もっと人目につかない場所に逃げることを考えたはずだ。

だが、積極的にそうしようと思えない自分がいる。

それはなぜなのか、考えることを黒鉛は放棄した。

——今じゃない。それだけのことだ。

そう胸のうちでごちて、目を閉じた。


再び魚籠の蓋が外されたのは、夕刻になってからだった。

「これ、食べられるかな」

そう言って幸寿丸が魚籠の中に落としたのは、一寸半ほどの小さな鮒だった。

まだ生きていて、ピチピチと跳ねた。

どうやら、餌のつもりらしい。

魚も食べなくはないが、どちらかといえば蛙などのほうが好きだ。

この時季は水田にいくらでも蛙がいるはずで、そちらのほうが小鮒より圧倒的に捕まえやすいだろうに、わざわざ小鮒にした理由が分からない。

だが、厚意をむげにするのもどうかと思うし、ここのところ餌にありつけず――餌を取るつもりだったところを子供たちに見つかったのだ――にいた黒鉛は、ありがたく小鮒をいただいた。

翌日の朝、再び幸寿丸は魚籠の蓋を開けた。

そして、小鮒がなくなっているのを見ると、

「よかった。食べたんだ」

ほっとしたような顔で言ってから、

「本当は、蛙のほうがよかったよね。でも、なんだか可哀想で、捕まえられなかったから……」

言い訳のように続けた。

捕まえやすい蛙ではなく、小鮒だった理由はそれで分かった。

幸寿丸はまたすぐに蓋を閉め、黒鉛は籠の中でじっとしていた。

蛇は毎日は餌を必要としない、と幸寿丸は知っていたらしく、翌日は餌はなかった。それでも朝夕の二回は蓋を開けて水の交換ついでに黒鉛が生きているかどうかを確認した。

その翌日にはまた小鮒を与えられ――その翌日の朝、幸寿丸が蓋を開けた時、黒鉛はそろっと

体を伸ばして魚籠の入口まで頭を出した。

　そこまで頭を出したことのなかった黒鉛に幸寿丸は驚いた顔をしていたが、黒鉛を止めようとはしなかった。

　黒鉛は魚籠から身を乗り出し、外に出ようとしたが、黒鉛の体の重みで魚籠が横倒しになる。

　そのまま外に出た黒鉛は畳の上で一度とぐろを巻いて幸寿丸を見た。

　それからすぐ、とぐろを解いて開いていた縁側から庭を目指した。

　傷が治り切ったわけではないが、痛みは気になるほどでもない。

　あれ以上、狭い魚籠の中にいては逆に体が弱ってしまう。潮時《しおどき》だった。

　外に向かう黒鉛に、

「気をつけて。もう、捕まったりしちゃだめだよ」

　幸寿丸は心配するように声をかけてきた。

　それを聞きながら、黒鉛は庭に作られている小さな池の茂みの中に身を隠した。

　しばらくは屋敷の敷地内で養生をさせてもらうつもりだった。外よりは敵が少ないし、それなりに餌もある。

　屋敷に先住している蛇はいたが、話の分からないものではなかった。

　人目につかないように気をつけながら、黒鉛は幸寿丸の様子を窺った。

　どうやら幸寿丸は、この家の長男として生まれたようだ。

生来、気の優しい性格ではあるが、武家の男子の習いとして、馬術、武術は一通り修めている。修練の様子なども垣間見たが、苛烈な戦いぶりとは言えない様子なのが分かった。

幼い頃には病がちであったらしく、今も季節の変わり目には体調を崩すのか、他の理由でわずかに咳き込んだだけで、またか、というような目を向けてくる者もいた。

そんな幸寿丸には、三つ年下の弟がいた。

幸寿丸もだが、この弟にも、歳の近い家臣の子供が何人か側役——というより、将来の家臣といった感じだろう——としてついていた。

幸寿丸が彼らを尊重するのに対し、この弟は傍若無人《ぼうじやくぶじん》に振る舞った。

主筋の子息に対して無体を働いてはいけないと言い聞かされている側役は、何をされても逆らうことができない。

それを自分がえらいと錯覚しているらしく、稽古では師範の目があるのでそこまでではないものの、庭などでの稽古の真似事では、刀に見立てたほうきで滅多打ちにして楽しんでいる様子をよく見た。

周りの大人や幸寿丸が見つければたしなめてはいるが、本人は悪びれる様子もないし、一度、相手に大怪我をさせた時には、さすがに父親が叱ったが、それでも、武家の子供なのだからそのくらい元気なほうが、と夫婦で話していたのも知っている。

「幸寿丸は大人しすぎる。あれのほうが先に生まれていればな」

そんなことを言っていた。

家臣の中にも、そう思っている者は少なくないようで、その言葉は幸寿丸本人の耳にも届いていただろう。

武術の稽古で、相手を攻めきれないことを繰り返し幸寿丸は叱られていた。

そのことで思い悩んでいる様子を見ることもよくあった。

武門の家だ。

「武に勝るものはない」

長く続く戦乱でそんな考えが根付きつつあったこともある。

そんな中では、幸寿丸のような優しい性格は、甘いと両断されてしまった。

黒鉛は傷が癒《い》えれば出ていくつもりでいたこの家を、幸寿丸のことが気になり、去ることができず、居着いてしまった。

何ができるわけでもない。

見守る、というほどの力もなく、ただの自己満足でそこに残った。

やがて、年が過ぎ、幸寿丸は元服を迎えた。

それから半年たたず、戦に駆り出されていった。

幸寿丸の初陣は、小競り合いに毛が生えた程度のものだったが、勝って帰った。

それからたびたび戦場に向かった。

戦場から戻るたび、幸寿丸の表情は陰鬱になっていった。

小さな小競り合いから、それなりに大きな戦まで、そのすべてに勝って戻り、幸寿丸の父親は満足げだった。

「戦場においては、別人のようでございますなぁ」

戦勝祝いの酒宴で家臣が言うのに、

「普段とは見違える活躍で何よりじゃ。父も鼻が高い」

ともに戦場にいた父親は、笑顔で酒を呑む。

だが幸寿丸は居心地が悪そうな様子で、それでも曖昧に笑っていた。

平素の幸寿丸の様子から、謙遜《けんそん》しているのだろうと周囲には見えたのだろうが、黒鉛にはそうではないようにしか思えなかった。

以前は戦から戻って、人に知られぬように泣いていた夜もあった。

自分を慰《なぐ》めるためか、それとも自分が命を奪った相手を悼《いた》むためか、庭に咲く花を申し訳なさそうに手折って部屋に飾り、少しずつ平静を取り戻していった。

しかしいつしか泣くこともなくなり、部屋に花を置くこともなくなった。

書物を手にしても、指先はページを繰っているが、『読んでいる』様子には見えなかった。

わずかずつ、幸寿丸の何かが損なわれている。

そんな気がしてならなかった。

三年ほど過ぎた頃のことだ。

いくつもの戦が起きていたが、これまでとはまったく規模の違う戦が起きた。

その前から各所より多くの細作が放たれ、情報収集に余念がなく、大きな戦になることは予想できていた。

そして、その戦に幸寿丸も当然、出陣した。

立派な跡取りとして、幸寿丸は知られた存在だった。

あれほど、先に生まれていればと言われていた弟は、先だっての初陣の際、本物の戦闘に怖気づき、辛勝したものの幸寿丸があげる戦果とは雲泥《うんでい》の差《さ》だった。

そのこともあってか、士気を上げるため先陣に立つ幸寿丸とは違い、弟は本陣にて控えていることとなっていた。

幸寿丸はこの数年ですっかりと大人び――笑うことも滅多になくなっていた。

いや、笑うことはある。

だがそれは、周囲のためを思っての、見せかけの、表情だけの笑みだった。

出立の日、黒鉛は胸騒ぎを覚え、出陣していく幸寿丸の隊をこっそりと追っていった。

これまで、黒鉛は幸寿丸を追っていったことはない。

あの家に居着き、幸寿丸の帰りをただ待っていた。

しかし、今回だけはいてもたってもいられず、追うことにしたのだ。

幸寿丸の陣は、本陣から離れた、最も戦場に近い場所だった。

この時代、戦は矢合わせから始まる。

どちらかから戦の開始を告げる鏑矢《かぶらや》が飛び、それを皮切りに、槍隊が、ついで騎馬隊、そして乱戦となるのが流れだ。

敵味方入り乱れての戦場では、明確に敵であるかどうか容易に区別もつかなくなる。

向かってくるものは切り伏せるしかないのだ。

その中、幸寿丸の戦いっぷりは群を抜いていた。

鎧を身に着けてなお、線の細さが窺えるが、馬上から刀を振るい戦場を駆け回るその様子は鬼神を思わせた。

白い顔に返り血が飛ぶ。

それも厭《いと》わず、近づく者はすべて切って捨てていく。

敵陣へと踏み込み、蹂躙《じゆうりん》していく。

敵が本陣を捨て敗走し、幸寿丸が勝ちを収めた。

意気揚々と自陣へと戻る兵たちからわずかに遅れ、幸寿丸も馬を返した。

骸が散らばる戦場を、返り血に全身を濡らし行く。

無表情でまっすぐ前を見る幸寿丸の姿は、不穏に思えるほどに美しかった。

その時——どこからともなく複数の矢が幸寿丸の背中へと向かって飛んだ。

わずかの間のあと、幸寿丸の体が傾いで、そのままずるりと馬から落ちた。

殿《しんがり》にいた幸寿丸の様子に気づく者はいなかった。

黒鉛は骸の合間を縫って、幸寿丸のもとへと急いだ。

幸寿丸の背には三本の矢が突き刺さっていた。そのうちの一本は深く——横倒しになったままの姿で、浅く呼吸を継いでいた幸寿丸は不意に咳き込んで、喀血した。

どうやら、肺を傷つけたようだ。

二度、三度咳き込んで血を吐き、そして、ひゅう、と喉を鳴らして息を吸い込んだ幸寿丸は視線の先に黒鉛を見つけた。

ゆっくりと近づく黒鉛に、幸寿丸は微笑んだ。

それは作ったものではない、微笑だった。

「……おまえは、あのへびかな…?」

かすれた声で言う。

確証などなかっただろう。

ただ幸寿丸の記憶に、助けた蛇の存在があったからそう言ったに過ぎないということは分かっていた。

そうだと告げる言葉を持たない黒鉛は、チロチロと舌を出した。

「優しい…子、だね……」

幸寿丸は慈しむような眼差しで黒鉛を見つめると、

「ここは、あぶない、から…おかえり……」

苦しい息の下、とぎれとぎれに気遣う言葉をかけ、直後、咳き込んで大量に喀血した。

「ぁ……、あ…」

鮮血にまみれた口元からわずかに声が漏れ、息をするたび、ゼイゼイと喉が鳴る。

苦しげな様子に黒鉛は幸寿丸の顔の近くまで進んだ。

濃い血の匂い。

何とかしてやりたくて、でも、何もできることはなかった。

自分のような忌まわしい姿の存在にまで優しく手を伸べてくれた幸寿丸が、望まぬ戦で、その優しい手を血に染めて、そのうえ、なぜこんな死に方をしなくてはならないのか。

——蛙のほうがよかったよね。でも、なんだか可哀想で、捕まえられなかったから……——

黒鉛に餌として、蛙を捕らえてくることすらできなかったのだ。

その幸寿丸が戦場に立ち、人の命を奪わねばならなかった。

人を殺すたび、幸寿丸は心を殺していった。

笑うことを忘れ、涙を涸らして。

再び、幸寿丸が咳き込んだ。

だが、もう、ろくに力が入らないのか、溢れる血を吐ききることもできず、口からはだらだらと血が流れる。

黒鉛を映している目が徐々に虚《うつ》ろになる。

もう、喘鳴《ぜんめい》すら、聞こえてはこなかった。

やがて、一息、わずかに息を吸い込んだような気配のあと、瞳孔が完全に開いた。

それは『死』だった。

そう理解した瞬間、黒鉛の中で表現することのできない感情が炸裂した。

嘆き、怒り、恨み、苦しみ……おおよそ負の感情と位置付けられるそれらが渦を巻き、爆発するような衝撃が起きた。

刹那《せつな》――これまで見えることのなかったものが視《み》えた。

揺らめく、いくつもの亡者の群れ。

そして、幸寿丸の体から抜け出していく、柔らかで美しい光。

幸寿丸の魂だとすぐに分かった。

その光を、黒鉛はこれまでなかったはずの手を伸ばし、捕まえた。

「幸寿丸、様……」

手の中の光に呼びかける。

答えはなく、ただ柔らかな光を放つだけだ。

汚さぬように黒鉛は大事に光の玉を抱え、幸寿丸の亡骸《なきがら》の傍らに膝をついた。

瞼へと指を伸ばし、見開いたままの目を閉じさせる。

触れた瞼は、まだ温かかった。


あれから、どれほどの歳月が過ぎただろうか。

あの日、今の姿を得た黒鉛は幸寿丸のために生きることを決意した。

そのために何をすればいいのか分からなかったが、自分より力のない妖《あやかし》や、力を失いつつある神々を喰《く》らって、力と知識を得た。

『反魂』というものを知ったのは、その過程でのことだった。

幸寿丸の魂を、別の体に入れる。

そうすれば、幸寿丸は幸寿丸のままで生き直すことができるのだと分かった。

優しい幸寿丸が迎えた凄惨《せいさん》な死。

あんな死に方をしていい人ではなかった。

多くの人から、慕われ、愛され、様々なものを愛し、慈しみ、その中で穏やかに生を終える
——人それぞれに相応《ふさわ》しい『死』があるとすれば、幸寿丸に相応しいのは、そんな『死』だ。

そのために、生き直してほしい。

黒鉛の願いは、ただそれだけだ。

八角形に組まれた魔法陣のすべての頂点に座す神だった者たちや、神となる力を宿した者たちの力を吸い上げ、魔法陣中央の中空に浮かぶ光の玉の中で眠る幸寿丸を黒鉛は見つめる。

肉体を失い、魂だけになった幸寿丸に力を与え続け、やっと、死した時に近いまでの仮初《かりそ》めの姿を取り戻すことができた。

あとは、幸寿丸に相応しい体を探すだけだ。

「幸寿丸様、もう少し、お待ちください。必ずや、幸寿丸様の新たな器を用意し、次こそは幸せな生を……」

黒鉛は祈るように呟く。

幸寿丸さえ幸せであれば、他の誰がどうなろうとかまわない。

そのために必要なものがあるなら、何でも用意しよう。

たとえ、己の行く先は地獄であっても。

黒鉛は少しの間、幸寿丸の姿を見つめてから踵《きびす》を返した。

足音が遠ざかる。

光の玉の中、幸寿丸の閉じられた目尻から涙が伝い落ちるのに、気づく者は、誰もいなかった。

4

「ビーフジャーキーと、ワンチュルルは、ここにいれたでしょ。それから、おじいちゃんと、いっしょにたべるおかしはここで、それからおりがみのおはなはここで……ちいさいボールはこっち、おおきいのはきゃらさんがもっていってくれるから……」

翌週の土曜、診療所で昼食を食べたあと、往診に出かける涼聖に、一足先に家に連れ帰ってもらった陽は、お出かけ用のリュックの中身を真剣に確認していた。

「陽、もう出かけられるか？」

陽の部屋を訪れて問う涼聖に、

「うん！　だいじょうぶ」

「わすれものはないか、かくにん、おわりました」

一緒に荷物の確認をしていたシロも陽に続いて答える。

リュックを持ち、陽が涼聖とシロと一緒に居間に出てくると、琥珀が伽羅に出されたお茶を飲んでいるところだった。

今日はこのあと、伽羅が陽と一緒に祥慶の一族の里に行くことになっている。

留守になってしまうため、いつもは涼聖の往診が終わるまで琥珀と陽——陽はお散歩に出かけたり、涼聖の往診についていったりするが——は診療所で待っているのだが、今日は琥珀も戻ってきて、このまま家でシロとともに留守番をすることにした。

もちろん、これまで伽羅が集落に用がある時にはシロと、金魚鉢で寝ているとはいえ、何かあれば気づいて起きてくる龍神に任せてきた。

だから、琥珀が留守番に戻る必要はないのだが、今は少し事情が違う。

反魂を行おうとしている連中が、どこまで琥珀たちが先日の作戦に絡んでいると知っているか分からない——この家のことに気づいているかどうかも、今は分からないが——ため、できるだけ琥珀と伽羅のどちらかが家にいるようにしようと決めていた（無理な時は龍神を酒とつまみで釣って起こすが）。

「陽ちゃん、準備万端ですね。行きましょうか」

伽羅が立ち上がり、言う。

「うん！」

笑顔で答える陽に、

「あちらの長に、きちんとご挨拶をするのだぞ」

琥珀が言い含めると、

「はーい」

ご機嫌な様子で返事をした。

琥珀と涼聖、そしてシロに見送られ、陽は伽羅とともに裏庭の「場」から、祥慶の一族の里へと向かった。

一族の里は山深い場所にあった。

かつて一番近くにあった人里も、すっかり自然に飲み込まれてしまったが、その人里があった時ですら、一族の里のある場所は禁域として人の立ち入れぬ場所だった。

『迷い込んだものが悪しき心を持っていれば、禁域のモノに食われ、善き心を持っていれば帰り道へと導かれる』

人里ではそう語り継がれていたが、禁域から少し入った場所には結界が張られていて、迷い込んでも一定の場所から中には入れないというだけだ。

ただ、禁域の内側から結界の狭間、いわゆる緩衝地帯を、迷い込んだ人間にうろうろされても都合が悪いので、帰り道へ出られるように動物に導かせていた。

大抵、迷った、と感じれば導くまでもなく、大人であれば帰り道を見失う前に踵を返して事なきを得る。

緩衝地帯でどうにもならなくなるのは、禁域と分からず入ってきて完全に帰り道を失った子供と、禁域内の動植物を狙おうとする不埒な者くらいだ。

前者は優しく導いて出し、後者は、ちょっと幻術で怖い思いをして出てもらった。

悪しき者であっても「食べる」ような真似はしていないのだが、幻術で化け物に襲われる錯覚をさせたので「食われそうになったところを、命からがら逃げてきた」と、里に帰ってから話して回ったのだろう。

それがいつの間にか「人を食う化け物が出る」に変化しただけだ。

ただ、その人里もなくなり、山に入ってくる者もいない。

それでも一族の里はただ静かに、そこにあり続けていた。

その静かな一族の里に、

「おじいちゃーん！」

明るい陽の声が響き渡る。

陽を連れてたびたび来られるように、里に「場」を作らせてもらっているのだが、陽が来るときには「場」まで、陽が「おじいちゃん」と呼ぶ祥慶の長が迎え出てくれる。

陽は長の姿を見つけると、駆け出し、長の足に抱き付いた。

「おじいちゃん、きたよー！」

長を見上げ、笑顔で言う陽に、長は優しく笑みかける。

「よう来てくれた」

そう言って、皺《しわ》だらけの手で陽の頭を撫で、それから伽羅へと視線を向けた。

「ようこそお越しくださいました」

「いえいえー、こちらこそお邪魔しますー」

愛想よく笑みを浮かべ、伽羅は返す。

「おじいちゃん、あのね、おみやげいろいろもってきたの。おじいちゃんにたべてほしいおかしとね、みんなもたべられるワンチュルルと、ジャーキーと……」

にこにこしながらお土産報告をする陽に、

「それは楽しみじゃなぁ。茶の準備をしておるから、屋敷に入ろうか」

『久しぶりに会う孫にデレるおじいちゃん』の顔をした長が言う。

陽は笑顔のまま頷くと、長と手を繋ぎ、長の足元が危なくないように気をつけながら、屋敷へと向かう。

『おじいちゃん』と陽は呼んでいるが、それは血縁に基づく感情がないとは言わないが、どちらかと言えば『高齢男性をおじいちゃん、高齢女性をおばあちゃんと呼ぶ』というくくりからくるものに近い。

年齢的には、長はもう、いつお迎えが来てもおかしくないほどに齢を重ねている。

事実、初めて陽がこの里に来た時には床についていて、体を起こすのがやっとというほどに弱っていた。

一族を継《つ》ぐ者がいなくなり、そのことで思い悩んだことも心身を弱らせる一因だっただろう。

だが、陽本人にはまだ伝えてはいないが、陽が後継者になり得ること、そして陽を養育している琥珀もそのことについては将来陽が決めることとしながらも容認する方向なことで、気煩いが少し減り、体調は少しずつ上向いた。

それに拍車をかけているのは、遊びに来る陽の存在だ。

伽羅か琥珀のどちらかが陽の成長については文を送って知らせているが、やはり実際に会うと違う。

何しろ集落のお年寄りたちにも元気を与え続けているアイドル陽である。

そのアイドル力はここでもいかんなく発揮されていた。

「これはフィナンシェっていうおかしなんだけど、あずきがはいってておいしいの。こっちはマドレーヌっていうんだけど、まっちゃあじなんだって」

座敷に通された陽は持参した菓子をリュックから取り出して、長にプレゼンし始める。

「陽ちゃんがお店で、一生懸命選んだんですよー」

すかさず伽羅が付け足す。

「そうか、そうか。一生懸命選んでくれたのか」

もともと深い皺のある顔に、一層笑みで深い皺を刻んで嬉しそうに長は言う。

陽は照れたように笑って、

「おいしいから、たべて！」

そう言うと、自分の分の袋を開けた。

なお、ちゃんとした手土産は伽羅が持参して渡し済みである。

お茶とお菓子を楽しみながら、陽は集落での出来事をいろいろと話す。

「ことしもね、つばめさんがささきのおじいちゃんの、さぎょうばのいりぐちのちょっとよこに、すをつくったの。こうたくんが、すぐにフンがおちてこないように、すのしたにいたをつけてくれたの」

佐々木《ささき》の作業場の入口に、いつごろからか、季節になるとつばめが巣をつくるようになった。

つばめが巣をつくる家は幸運に恵まれる、と言い伝えられる地域もあるし、小さな命が育まれるのを応援したくなる人も多いだろう。

だが、作業場の入口の『ちょっと横』ではなく『ほぼ真上』につばめが巣をつくり始めた年があった。

陽はつばめの夫婦を応援していたのだが、入口の真上ということで、木材や商品の搬入、搬出の時にフンを落とされる可能性があるため、佐々木の指示を受けて孝太《こうた》がつばめの巣を壊したことがあった。

それを見た陽はつばめが可哀想だと孝太に対して怒った。

つばめのフンのことなど、思いもよらなかったからだ。

だがあとで孝太が巣を壊した理由を知り、理不尽に孝太に対して怒ったことで、嫌われたと思って陽が落ち込んで泣いた——という、なんとも可愛らしい思い出がある。

以来、孝太は共存のため、つばめが安心して子育てできるように『フンガード』と称して、巣の下に板を取り付けることにしたのだ。

そして入口の真上に巣作りをしないように、神様パワーを使ってつばめたちを誘導したのは実は伽羅である。

一応集落のことに関わるので、神社の祭神《さいじん》の了解を得てのことだが、祭神は、

『つばめの巣……』

とやや、半笑いだった。

だが、陽が心を痛めたことを知っているので快く許可を出してくれたのである。

集落でのことをいろいろと話す陽に、長も笑顔で頷き、楽しそうに問う。

その中で、

「あとね、このまえ、そのべのおばあちゃんの、おまごさんがしゅうらくにきたよ」

陽が園部《そのべ》のことに触れた。

遠方だということもあってなかなか来ることのできなかった園部の孫だが、先日ようやく、集落にやってきた。

すぐに来られず、葬儀も何もかも集落の人たちに任せきりで申し訳ないとひとしきり謝っていたが、看護が必要な病人が家族にいることは園部からみんな聞いていたし、やってきた孫自身の顔色も悪く、慢性的な看護疲れが溜まっているだろうことが窺えた。

孫は仏壇ごととなると運ぶのが大仰になるので、位牌だけを引き取るつもりで来たのだが、孫

の負担を思って集落の面々が、菩提寺に納めてはどうかと助言した。

これから年忌などの様々な法要を行わねばならないことがある。

もちろん、行わないと決めてしまうのも一つの手ではあるが、気になりつつ行えない、というのであれば、心の引っ掛かりになるだろうから、寺に納めてしまったほうがいいのではと伝えたのだ。

孫はしばらく悩んでいたが、そのほうが寺できちんと供養をしてもらえるし、集落の年寄りたちもお参りさせてもらえるから、と言うと、本当にいいのだろうか、という様子を見せたが、寺に納めることに決めた。

とはいえ、孫の滞在中は、菩提寺が重なった葬儀で忙しくしているということで、後日集落の者が代表で納める相談に行くということになった。

「そうだんにいくときにね、ボクも、つれていってもらったの。おてらにいったらね、おおきなぶつぞうさんがあってね、かみさまがボクをみて、ちょっとびっくりしてた」

「仏像だから神様じゃなくて、仏様ですよー」

一応伽羅は訂正しておくが、陽からしてみれば、似ている存在なので、同じようなものなのだろう。

まあ、神仏習合《しんぶつしゅうごう》などという時代もあったことを思えば、さもありなんと言ったところではあるが。

「そうか。だが、陽は、悲しかったな」

長が陽を気遣うように言う。

陽が園部の死に酷く胸を痛めたことは、長も文で知っているからだ。

陽は長の言葉に頷くと、

「うん。ひとは、ひとだけじゃないけど、どうぶつさんも、しんじゃうってことは、わかってるの。おはなが、さいて、かれるみたいに、しんじゃうんだってことは、わかってるの。でもね、そのべのおばあちゃんが、ひとりぼっちでしんじゃうのは、ぜったいいやだったの」

陽は自分の中で整理の付き始めていることを、少しずつ言葉にする。

「こはくさまは、ふつうのひとがわからないことを、わかったからって、なにかするのはダメだっていったの。でも、ボクはどうしてダメなのか、いまでもやっぱりわからないの。もし、もういっかい、そのべのおばあちゃんがしんじゃうひにもどっても、ボクはそのべのおばあちゃんのおうちにいく。それで、さいごまでおばあちゃんのそばにいる」

いけないことだと理解した上で、それでも変わらず行くと陽ははっきりと告げた。

なぜダメなのか、その答えは、伽羅にも分からない。

ただ人の生死というような理《ことわり》に触れることは禁忌であると教えられてきたから、自動的にダメだと思うだけのことだ。

もちろん、もっともらしい理由を告げることはできるが、やはりそれも「教えられた理由」をもとにしたものだ。

だが、陽は違う。

どうしてダメなのか。

人が知り得ぬことを知ったからといって、運命に手を加える。

それがいけないのなら、自分が持つ力は何なのか。

そして「人の願いを叶える」こととはどう違うのか。

そのことを、これから、いろいろな経験を積んで、その線引きを自分でするのだろう。

多分それは容易なことではない。

つらい思いをすることも多いだろう。

分かっていて、琥珀も陽に任せると言った。

陽を突き放したわけではなくて、もどかしい思いをしても、見守る、と決めたからだ。

善悪の定まらない幼い陽が、情に流されて間違いを起こしそうなら、その身をもって止めるつもりで。

陽が話すのを聞いていた長は、

「じいちゃんにも、何が正しいのかは分からんがなぁ」

そう言ってから、静かに続けた。

「その御婦人は、陽がそばにいてくれて、嬉しかったじゃろう。誰かが気にかけていてくれる、というのは嬉しいもんじゃからなぁ」

手を伸ばし、陽の頭を撫でる。

「そうだといいな」

そう返す陽に、長はただ優しく笑んだ。

その後、陽はまだまだたくさんある集落の出来事を話して聞かせたが、陽と遊びたい里の子狐たちが縁側から、まるでもぐらたたきのように代わる代わるぴょこぴょこと頭を覗かせているのに気づいて、

「おじいちゃん、おそとでみんなとあそんできていい？」

陽は長と、縁側にいる子狐たちの顔を交互に見ながら問う。

「ああ、遊んできなさい。皆も、陽が来るのを待っていたからな」

長が了承すると、陽は「いってきます！」と立ち上がる。

「陽ちゃん、はい、ボール」

伽羅が持参した大きなボールをエコバッグから取り出し、陽に渡す。

「ありがとう、きゃらさん」

ボールを受け取った陽は、もう片方の手でリュックを持つと急ぎ足で縁側に向かう。

「きょうは、おおきなボールもってきたの。ちいさいボールはあとであそぼ！」

そう言うと、陽は縁側でくるりと一回転して、子狐の姿に戻る。

そしてボールを前足で押し出して庭へと落とし、そのあとを追って庭へと駆けだした。

それを見送った伽羅は、長に中座の目礼をして縁側に向かい、陽が着ていた服を簡単に畳んでまとめた。

そして再び、長の前に座り直した。

「陽は変わらず元気で、喜ばしい限りです」

長がしみじみと言う。

「園部のおばあちゃんのことでは、ずいぶんと落ち込んでたんですけれど、幸い集落の人たちがみんな、見守ってくれてますんで」

伽羅が言うのに、長は頷く。

「『人』のことを慈しむ気持ちを持つことができるのは、慈しまれているからでしょう。人と、我らのような人ではないものとの境界は、いつの間にかできてしまうものですが、その境界が陽にもなくはないでしょうが、あまりに低い。それゆえに、我らがしなかった経験をすることになると思いますが、それは得難い糧《かて》となるでしょう」

静かな長の言葉に、今度は伽羅が頷いた。

「ただ、遠くにいて見守ることすらできぬ儂は、そばにおいでの伽羅殿や琥珀殿のご苦労に感謝をするしかできぬのが、申し訳ない」

頭を下げる長に、伽羅は頭を振った。

「いえいえ！　そばにいるからこそ陽ちゃんから得られる萌え……いえ、心の栄養もあるんで、まったく問題ないです。それに、長殿も、長殿の立場で最大限、陽ちゃんに心を砕いてくださっているのは、陽ちゃんも感じてると思います」

伽羅の返事に、長は、ありがたいことです、と返し、そっと目尻の涙を拭ってから、茶を口にする。

喉が渇いていたわけではないだろう。

ただ、何かを仕切り直すためのきっかけのようなものだ。

伽羅もそれに合わせるように湯呑を手に取り、少し口に含んで、そっと茶托に戻した。

そしてやや間を置いてから、

「何やら、剣呑なことが起きたご様子……」

長が静かに切り出した。

陽の様子を伝える文に書いているのは、純粋に陽の成長に関することだけで、本宮絡みで起きたことは何も記していない。

だが、里から香坂《こうさか》家に、こっそりと様子を窺うための狐がやってきているのは、陽は気づいていないが、琥珀も伽羅も知っていた。

害意があるわけではなく、現時点での唯一の跡取り候補である陽のことが気がかりであるのは充分分かるし、知られてまずいようなことはない。

だから互いに視線が合えば目礼し合う程度に――伽羅は時々彼らにおやつを出すが――良好な

関係を築いている。

そのため、香坂家で何か起きた、ということだけは長も聞き及んでいる様子だ。

伽羅はそれにどう答えるか少し迷ってから、口を開いた。

「少し前から本宮で、いささか厄介な案件が持ち上がりまして」

そう切り出し、続けた。

「そのことで動いていたのですが、どうやら反魂を行おうとしている者たちがいるようだと分かりました」

伽羅が出した、反魂、という言葉に長は顔色を変える。

「信仰を失い、寂れる祠が各地にあることは長もご承知かと思います」

「……時流の流れには逆らえませぬゆえな。この里の近くの人里も、無くなって久しい」

長の言葉に伽羅は頷いた。

「本宮でも、信仰を失って消滅する稲荷が増えていることは確認していました。それに、野狐《やこ》となるものが増えていることも。ですが、時代の変化によるものが大きいと考えていたんです」

過疎化が進んだことも一因としてあげられたし、便利で豊かになったはずなのに荒《すさ》む人が増えていることが負の影響として、その土地を守る者の力を殺《そ》いだのだろうというのが、長い間の本宮での見解だった。

「ですが、一柱の稲荷が辿った野狐化の経過が普通では考えられず、本宮が新たに調査を進めた結果、何者かがなにがしかの企みのために、力を失いつつある神を攫っているということが分かりました。……稲荷のみならず、すべての神族に対して、です」

伽羅は静かに説明を続ける。

だが、長は難しい顔をしてただ言葉の続きを待っていた。

「その企みが反魂だと分かったのは、まだ最近のことです。相手が何者かは分かっていません」

「……反魂などという邪法を…」

絞り出すような声で、長は言った。

「者どもが反魂で取り戻そうとしている存在がなんであるかは分かりません。もし、御霊だとすれば大問題です。この国が、滅びかねない」

「御霊を担ぎ出してくると?」

「いえ、そのあたりも、相手が何者であるかも現時点では何も。最悪の事態を想定して、相手の力がまだ足りないうちにと、先日急襲を。ですが、敵方の罠で……恥ずかしながら、退避するしかありませんでした」

苦い顔で伽羅は告げた。

「皆様にも、甚大な被害が？」

「重傷者は出ましたが、幸い、消滅するような者は。……俺も、この有様です」

伽羅はそう言うと、隠していた尻尾を出した。

伽羅の尻尾はようやく細い五本目が生えてきたところだ。

「これでも、ずいぶん回復したところです。本宮に連れ戻された時は、一尾半にまで、減っていたそうです」

苦笑いをしながら、伽羅は言うが、

「伽羅殿のようなお方が、そこまで尾を減らされるようなことになるとは……」

長はそう言ったきり、絶句した。

七尾とはいえ、八尾と変わらぬ力を持っている伽羅だ。

いつでも八尾になれる力はあったが、今の領地を管理し、琥珀のサポートをするには七尾でも充分なことと、八尾になると本宮から今以上に仕事を振られる気配しかないこともあって、七尾でいたのだ。

だからこそ、伽羅がそこまでの状態に陥ったのには、たとえ敵の術をまともに受けてしまったとはいえ、本宮にも衝撃が走った。

「こちらのことを、ずいぶん研究しているようで……本宮の者は、五尾以下は立っていることすらままならず、俺にしても力は半減しました」

伽羅はそう言ってから少し間を置き、

「……長殿の一族の術は、一子相伝《いっしそうでん》だと、前に」

確認するように、問う。

「はい。伽羅殿にお預けした術は、本来であれば後継者と定めた者に少しずつ教え込むつもりでおりましたが……その前に行方不明に」

重い口調で言い、一つため息をついて続けた。

「一族の血はどんどん薄まり、術を継承できるほどの力を持つ者がなかなか生まれず、儂も先の長くない身……。ようやく生まれた次代に、過剰な重圧を与えてしまっていたのかもしれません。それから逃れるために行方をくらませたのだとしても、誰が責められましょうか……」

次代と目されていた者の行方は分からぬままだ。

その生死も。

「次代には、まだ何もお伝えを？」

「はい。もうしばらく待ってから、と思っておりましたから」

「では、一族の術を知る者は、現時点では、長と俺だけ、ということでいいですか？」

重ねて問う伽羅に長は頷いた。

後継者を失い、自分の代で一族の術が失われてしまうと気に病み、高齢であることもあって倒れた長を思った狐たちが、もう一人の後継者となり得る存在である陽に接触をしてきたのが、一族と出会うきっかけだった。

だが、陽が後継者になったとしてもまだまだ幼く、術を教えるには早すぎる。

陽が術を学び始める歳まで、長が生きていることができるか？

仮に生きていたとして、すべてを伝えきるまではどうだろうか？

そういった問題を解決するために、伽羅が長の知り得る術のすべてを自分の中に取り込んだのだ。

もし長に何かがあっても、伽羅から陽へと伝えることができるように、という措置《そち》だ。

とはいえ、伽羅はその術を『使える』というわけではない。

いうなれば料理のレシピ本を預かりはしたが、ページすら開いていないという状態である。

もちろん、どんな術なのか気にならなかったわけではない。

だが、決して預かった術に触れぬことが「一子相伝」の術を預かる部外者としての、最低限のマナーだと伽羅は思っているのだ。

いや、思っていたのだ。

伽羅はいくばくか間を置いてから、

「折り入ってお願いがあります」

神妙な顔で言った。

「お預かりしている術は、陽ちゃんの成長に長殿が間に合わなかったとき、俺が代理で伝えるためのものだということは充分理解しています。……ですが、本宮の術が研究されつくされている今、本宮の既存術式では太刀打ちができません。もちろん、新しい術式の開発を急いではいますが、それが確立されるには、どれほどの時間がかかるか分からないというのが現状です」

伽羅は淡々と事実を述べ、

「反魂を成そうとするものが、今後、どのような手を使ってくるか分かりません。……抗するための手段として、一族の術を使わせてはもらえないでしょうか」

そう願い出た。

長は厳しい面持ちで、しかしすぐに否やを唱えはしなかった。

伽羅たちに何かがあれば、現状で唯一の跡取りである陽に影響が出ることは必至だ。

とはいえ、一子相伝で守り伝えてきた術を公開することはできない。

伽羅に『預かってもらう』ことすら、迷ったのだ。

しかし、もしもの時にはすべてが消えてしまうと思ったからこそ、あくまでも『使わず、管理をするだけ』という形で承諾したのだ。

さりとて、伽羅が安易に頼ろうと考えるような性格ではないことも知っている。

それほど状況が差し迫っているのだろうと理解できた。

「……しばし、考える時間をいただきたい」

長はそう返すのが精一杯だった。

伽羅もすぐに返事がもらえるとは思っていなかったらしく、静かに頷いた。

そのまま部屋には重い沈黙が訪れる。

「じゃあ、だれがいちばんながくボールにのってられるか、きょうそうー」

陽が楽し気に他の子狐たちと遊んでいる明るい声が、二人の耳に届いた。

5

「ううーむ……」

椅子にちょこんと座った白狐は、難しい顔で唸《うな》るような声を出した。

テーブルをはさんで向かいのイスに座した術部の長官は、白狐と同じく難しい顔をして資料を手元で弄っていた。

ゼロベースでの新しい術の開発を依頼してから二週間強。

進展について聞くために白狐はやってきたのだが、返事は芳《かんば》しくなかった。

いや、芳しくないというより、まったく進んでいないというのが現状だ。

「既存術式の成立以来、それの発展に力を傾けておりましたので、新しいものといっても、とっかかりとなるものを摑むのが難しく」

あまりの進展のなさに、術部の長官として面目ない、といった様子で言うが、自分で言っていて言い訳でしかないなと感じてしまい、語尾は細く消え入りそうだった。

「いやいや……これまで術部は、我の期待に応えてよくやってくれているでおじゃる」

真っ先に白狐は労をねぎらった。

「簡単に成せることではないことも、何かと術部には負担をかけていることも理解しているでおじゃる」

「もったいないお言葉でございます」

長官は恐縮した様子で返す。

「術の改造については、どうでおじゃる？」

「新規の術式と並行して進めておりますが……というか、新規の術式の開発よりは、まだなすべきことが分かっておりますので、そちらに時間を割く者が多いようです」

新しい術式については、雲を摑むような話にしか思えず、向かう方向性ですら摑めないが、術の改造であれば、少なくともやることの当たりはつけられる。

「改造の過程で、閃《ひらめ》くものがあるやもしれぬしな……」

白狐はそう言ってから、

「あともう一つ……秋の波を集合意識と接触させるための術についてでおじゃるが、そちらはどうでおじゃる？」

新たに依頼したことについて聞いた。

先だっての敗走に秋の波は責任を感じているのか、相手を探るために、自分がかつて一体化していた集合意識にアクセスすると言い出したのだ。

だが、秋の波が責任を感じなければならないことではない。

むしろ、秋の波は背負いすぎる。

その上、秋の波という存在自体が稀有《けう》で、いつ何が起きるか分からない危険を秘めている。だからこそ、危険だと思えることからは遠ざけておきたいのだが、今回の件に関しては秋の波は白狐が止めても止まることはないだろう。

もちろん、止める手立てがないわけではない。

それこそ術部に術を無効化させる結界を組ませ、そこに監禁してしまえば、秋の波を無力化することは可能だ。

しかし、もし秋の波が集合意識と再度接触することができ、情報を得ることができれば、必ずこちらにプラスになる。

秋の波を危険に晒《さら》したくないというのも、作戦に携わる者たちが被る負担や被害を減らすために情報が欲しいというのも、どちらも白狐の心の中にある思いだ。

――本宮の長として、大局を見なければならぬ……。

だから、白狐は秋の波に集合意識への再接触を許可することにしたのだ。

無論、万全の備えを敷いたうえで、である。

それまでは、勝手なことはしないことを約束させた。

「集合意識への接触方法については、まだ模索中ですが、秋の波殿の記憶から集合意識の気配を探り、その気配を守りの結界の上に貼り付けて擬態させる、という理論までは。ですが、守りの結界についても、新しい術式で構築したほうがより安全であろうと思いますので……」

「やはりそこにぶち当たるでおじゃるなぁ……」

長官の言葉に白狐は長いため息をつく。

「それ以外の良策がないかも考えさせているのですが……」

何一つとしていい返事ができないことに、重い責任を感じたのか、長官はある提案を口にした。

「朱華と茅萱、そのどちらか一人でも秋の波殿の件に参加させ……」

椅子から机の上に飛び乗り長官の目前にまで迫った白狐は、長官の口に前足の肉球を押し当て、言葉を遮った。

「不吉な名を出すでないでおじゃる……」

小さな声で告げる白狐に、長官は頷いた。

それを見やって、白狐は手を離すと、そのまま机の上にチョンと座ったままで続けた。

「確かにあの二人であれば、妙案を思いつくやも知れぬが、いうなれば劇薬を使うに近いでおじゃる……」

「……確かに、否めないとは思いますが」

「特に秋の波に関しては、慎重に慎重を重ねて動かねばならぬ。実験的な要素は排除したいでおじゃる」

秋の波に関しては万全の上にも万全を期したい。

万全を期するためなのに、術部の問題が多い奇才を絡ませるのは「混ぜるな危険」以上の危険である。

長官にしても、朱華と茅萱に関しての懸念事項を理解しているので、

「かしこまりました。引き続き今の面子《めんつ》で策を練ります」

そう返事をし、白狐が頷いた瞬間、耳がおかしくなりそうなほどの派手な爆発音が響くと同時に、術部の建物が揺れた。

『襲撃』の二文字がすぐさま脳裏をよぎる。

それに白狐が警戒態勢を敷こうとした直後、

「ばーかばーか！　なんで術式、勝手に一段増やしてんだよ！」

ブチ切れた声が聞こえ、それに長官は慌てて部屋の窓を開けた。

応接室の外は美しく整えられた庭園が広がっていた――はずだが、見えるのは土煙、そしてその向こうにうっすら二人の稲荷の姿である。

その土煙が落ち着く間もなく、上空からは、かつて植えられていただろう木がいくつも降ってきて、大地へと横たわる。巻き上げられたのだろう。

何なら石灯籠も、ドスドスと落ちてきていた。

それを二人の稲荷は、

「もう一段で、どの程度威力が増すのかと不意に試してみたくなった」

「試す前に言って？　報・連・相！　マジ大事！」

そんな会話をしながらも、落ちてくる障害物を避けている。

「朱華と茅萱でおじゃるな……」

聞こえてきた声で、白狐はすべてを悟った顔で呟いた。

「も…申し訳ございません……」

謝る長官に、白狐はちらりと窓の外に目をやる。

少し前の面影などなく、地面は大きく抉《えぐ》られ、穴が開いていた。

「……もう、池はいらぬゆえ、あとで埋め戻し整地をさせておじゃれ」

そう言う白狐の声には、力がなかった。

本宮には、大小様々な池が六つある。

術部から本宮までの順路にあるような、睡蓮や菖蒲などといった水生植物が美しく育ち、皆の目を楽しませるものもあれば、釣り大会ができそうなほど大きなため池では、夏の暑い日に泳いでいる者もいたりする。その他では子狐の館の子供たちの教育の一環としてビオトープとして使われている池もあった。

それらは癒やしのための庭づくりやレクリエーション、教育の一環として作られた――わけではない。

すべて、術部の実験失敗で抉れた跡を池にしただけである。

それらの池の半分には、朱華と茅萱が絡んでいる。

基本的に実験は、失敗しても影響が出ないように防壁結界を張ってその中で行う。

だが、防壁結界の防御レベルをはるかに超えた威力の失敗を引き起こせば、今のような惨事《さんじ》になるのだ。

「本当に申し訳ございません……」

平謝りの長官に、白狐は頭を横に振った。

「いや、あの二人の能力は抜きんでておじゃる。それゆえ、ある程度の犠牲は仕方ないでおじゃるが……もう、池はいらぬ…」

「すぐ、埋め戻させておきます」

「頼むでおじゃる」

もう少し話を詰めたいところではあったが、気が逸れてしまったことと、新たな術式が進んでいないのだから、他の進捗《しんちょく》も滞っているだろうことは予想ができたので、白狐は長官との話を切り上げた。

そして、術部の建物から出た白狐は、盛大に抉れた跡を見ながら座り込んで、何やら話し込んでいる朱華と茅萱のもとに向かった。

「朱華、茅萱、派手にやったでおじゃるな」

そう声をかけると、二人ははっとした顔で振り返り、そして白狐を見ると立ち上がって恭しく頭を下げた。

「よいよい、座るでおじゃる」

白狐はそう言い、二人のそばで足を止める。

二人は言われたとおり、そこに膝をつき、跪坐《きざ》の姿勢を取る。

「何を実験していたでおじゃる？」

「術式の改造をしておりました」

問う白狐に答えたのは朱華で、

「ゼロベースでの術式の開発が全然進まないんで、既存術式の魔改造のほうがまだ進むかなーって思ってやってたんです。魔改造の過程で、何か思いつくかもしれませんしー」

そう付け足すのは茅萱だ。

「改造に関しては進みそうでおじゃるか？」

その問いに茅萱はごまかすように、えへっと笑い、朱華は首を傾げた。

どうやらそっちも思わしくないらしい。

「何が問題になっておじゃる？」

問題となっているところが何か分かっているのと、それすらも分からないのとでは、話が変わってくる。

分かるところまで行かなくてもいいが、ここで引っかかっている、程度の当たりくらいはついていてほしいと思いつつ白狐は聞いた。

「基礎術式をバラしてみて分かったことですが、基礎術式の構成が完璧すぎて、バラすと想像以上に使えなくなるか、制御不能になるか、のどちらかになることが分かりました」

「さすがに制御不能なのはヤバいんで、使えない中でも発動するものに関して、術式の段を増やして威力を上げる系にしようとしたんですけど……」

朱華と茅萱が説明をするが、

——もう一段で、どの程度威力が増すのかと不意に試してみたくなった——

先ほどそう言っていた朱華の言葉を白狐は思い出した。

「失敗した、というわけでおじゃるな?」

「っていうか、朱華が勝手に思い付きで予定より詠唱を一段増やしたんですー!」

茅萱は頬を膨らませて言い、

「元が爆竹程度の威力しかなかったものでしたから、一段増やした程度では知れていると思いましたので、もう一段増やしても、と思ったのですが……」

実験を短縮するつもりだった、と言外に含ませて朱華は返した。

新しい術式よりも、まだ簡単に進められそうな既存術式の改造も、思っている以上に手がかかりそうで、白狐は思案顔になった。

三人の間に沈黙が流れる中、茅萱が口を開いた。

「基礎術式を作り上げた不知火《しらぬい》殿にお話を聞けたら……」

だが、白狐は茅萱の言葉に、無意識に九尾を逆立てた。

猫が威嚇で尻尾を太らせるがごとく、背後の九尾すべてが試験管ブラシ状態である。

「は？」

今、なんつった？　のニュアンスでの、一番短い返事が白狐の口から漏れる。

「基礎術式を構築して、術部を立ち上げた方ですし……お亡くなりになったわけではないですよね？」

そう聞いてきたのは朱華である。

「……最後に生存を確認できたのは、百年…いや、百五十年ほど前でおじゃる」

その問いに答える白狐の目は遠かった。

「今、どこにおいでですか？」

遠い目の白狐に茅萱は追撃したが、

「知らぬ」

短い言葉が返ってきただけだった。

「困難なことを依頼しているのは分かっておじゃるが、二人には励んでほしいでおじゃる」

白狐はそう言うと立ち上がり、

「そろそろ八つ時ゆえ、我は本殿に戻るでおじゃる」

そのまま本殿へと戻ろうと——いや、逃げようとした。

だが、その白狐に膝で歩み寄った茅萱はぎゅっとその首にしがみついて足止めした。

「びゃっこさまー。この前約束したクレープ食べませんか？　甘い系も惣菜系も準備しますよー。ほら、秋の波ちゃんも呼んで、クレープパーティーいかかですかー？」

そして、誘惑の言葉を繰り出してくる。

その傍らでは朱華もクールに頷いていた。

もしこれが今でなければ、白狐は「よいでおじゃるな」と受けていたかもしれない。

だが、流れ的にこのまま二人と一緒にいたら、ややこしい話をされるのは火を見るよりも明らかである。

「今日は都合が悪いでおじゃる」

そう言うと、茅萱の腕から無理に首を引き抜き、白狐は脱兎《だっと》の勢い――狐だが――で本殿へと向かった。

◆◇◆

――なんとか、逃げおおせたでおじゃる……。

本殿の自室に戻ってきた白狐は、お茶で口を湿らせたのち、おやつの落雁《らくがん》――普段のおやつは、大体落雁である――のホンワカとした甘みを感じながら、

――不知火殿にお話を聞けたら……――

茅萱の言葉を思い返していた。

不知火。

それは、かつて本宮に在籍していた、銀色の九尾である。

その昔、術は今のように術式として成立してはいなかった。

術は先天的な資質が必要だが、資質を持つ者はわずかで、それぞれ自身の特性に基づいた術を持っているに過ぎなかった。

不知火自身、術を使う資質を持っており、自身の扱う術の幅を広げたいと思って、他の術使いの稲荷全員からその術を学んでいった。

そして自分の中ですべてを体系づけ、それとは別に学んでいた古代術式から発展させて、現在本宮で資質に関係なく誰もが使っている基礎術式を作り上げた、偉大な功労者である。

その後も研究に邁進し、様々な応用術を作り上げたのだが、そんな研究熱心さが災いして、ある日、本宮を壊滅《かいめつ》させかけた。

本宮は人界とは層を隔《へだ》てた別の次元に存在している。

不知火は、とある術の大失敗で、その次元の層を壊しそうになったのだ。

すぐさま、当時の宇迦之御魂神《うかのみたまのかみ》――白狐たちを使役している神である――が対応し、事なきを得たのだが、それ以外でも不知火はたびたびやらかしていたため、

『研究熱心なのはかまいません。ですが、少し自重なさい』

と窘《たしな》められた。

――まあ、目に余る奇矯《ききょう》な振る舞いもあってでおじゃるが……。

それに対し、不知火は、

『自由に研究もできないこんな本宮じゃ……』

と書き置きを残し、本宮から出奔した。

もちろん、行方を追ったが、本宮随一の術者である。

気配を追うことは誰にもできなかった。

が。

なぜだか親友判定されていた白狐のもとには、折に触れて生存確認を兼ねた文が届き、今もそれは続いている。

気の合うことも多かったのは事実だ。

ただ、友達と言って差し支えのない関係だったのは事実だが、不知火は目に余る行動がシャレにならない相手だったので、できればつかず離れずの関係でいたいなーと思っていた。

無論、火の粉を被るのが嫌だからだ。

なお、白狐が側近に叱られるような行動をとってしまうのは、白狐の中でのガチでダメな基準が不知火だからである。

そのため、白狐の「この程度であれば、怒られなくてすむはず」の範囲が、他の稲荷に比べて非常に甘い。

しかも最近はそこに五尾の頃ですら『常に子供心を忘れない』と言われていた秋の波が絡んでいるのだから、基準がさらにぶれまくっているのだ。

「……はぁ…」

白狐は一つため息をついた。

できれば不知火とは、会いたくない。

理由は、百五十年ほど前、最後に届いた文から察するに、不知火は相変わらず不知火だと思わざるを得ない内容だったからだ。

——新選組《しんせんぐみ》に追っかけられた。超怖ぇｗｗｗ——

内容をざっくり説明すれば、そういうものである。

——追いかけられるような、何をしでかしたでおじゃる……。

なおそれ以前には『信長《のぶなが》、マジ苛烈』的な文もよこしてきていたので、多分、今も性格は変わってないと予想できる。

つまるところ、絶対にやらかすだろうし、火の粉を飛ばしまくってくるのは容易に予想できてしまうのだ。

白狐個神《こじん》に対してだけ火の粉が飛ぶのであれば、正直嫌だが、まだいい。

だが白狐は今、本宮の長である。

自分に何かがあれば、本宮全体に関わる可能性があるのだ。

とはいえ、不知火なら何か解決策を思いつくのではないかとも思う。

――いやいや、不知火はリーサルウエポンとして、最後まで手をつけるわけにはいかないでおじゃる……。

安易に手を出してはいけない。

ましてや、朱華、茅萱という術部の奇才ツートップと会わせたら、制御不能になることは間違いないのだ。

特に、理性のねじの緩い茅萱は。

だからといって朱華なら大丈夫というわけでもない。

朱華は茅萱より、ややマシ、というだけで、あれも充分何をするか分からないのだ。

仮に不知火と連絡を取ったとして、会わせるのなら術部の長官が適任だろう。

そこまで考えて、白狐はまた一つため息をつく。

――いつまで、そんな猶予《ゆうよ》を設けていられるか……。

新たな術が開発されればいいという問題ではない。

一から術を覚え直し、『使える』状態にしなくてはならない。

相手の戦力がまったく分かっていない今、どの程度時間を取ることができるかも分からない。

もしかすれば明日、いきなり事態が動く可能性がないとは言い切れないのだ。

その場合、どうすべきか？

どれが「最善」であるかを考えかけた時、不意に部屋の戸が軽く叩かれ、

「白狐、俺だ」

黒曜の声がした。そして白狐の返事を待たず、

「入るぞ」

そう言うと戸を開き入ってきた。

「許可を出す前に、開けるでないでおじゃる。のっぴきならない状況だったら、どうするでおじゃるか」

白狐の言葉を黒曜は鼻で笑う。

「のっぴきならない？　へそ天状態で寝ている、とかか？　いつものことだろう」

「着替え中とか、いろいろあるでおじゃる」

「何色の毛皮に着替えるつもりだ」

黒曜は即座に突っ込んでくる。

「も…桃色とか、変わった色でおじゃる」

苦しい返事をする白狐に
「なるほど？　斬新《ざんしん》だな」

そう返しながら黒曜はズカズカと入り込み、白狐の前に腰を下ろす。

本気で立ち入りを禁止するときには結界を張るので、そうでなければ入ってこられても別に支障はない。

それを知っているから、黒曜は大抵の場合、特にかまわず入ってくる。

もちろん、長い付き合いだから白狐も気にはしていないので、一応苦言を伝えはするが、ただの恒例行事である。

前に座した黒曜はこの前と同じく着流しを身につけていたが、見える場所にはもう呪《じゅ》は書かれていない。

「もう、呪はすべて消したでおじゃるか？」

「ああ……。中の奴も落ち着いた」

黒曜は短く返した。

野狐になってしまった稲荷を、黒曜は身の内で消滅させるために抱え込んでいる。

それが一時的に負の気の影響で活性化してしまい、黒曜も深手を負っていることから呪を書いて抑え込んだのだ。

「部隊の確認をしてきた。怪我をした者たちも順調に回復して、俺を含めこれまで通り、いつでも動ける」

「それは吉報でおじゃる」

白狐は笑顔を作って返したが、

「吉報と言うわりに、物憂げだが……何か起きたか」

長い付き合いである黒曜は、白狐の憂いを見抜いた。

白狐はしばし黙したあと、口を開いた。

「こちらの手の内が読まれているゆえ、術部に新たな術式を開発するように命じたでおじゃるが、今のところ、何一つとして進んでおらぬ」

「……既存のものを改造する、と言っていた件は」

「そちらも、思わしくない様子で、朱華と茅萱が実験しておじゃったが、派手にやらかして術部の庭を破壊した」

惨事を思い出し、白狐が言うと、

「……また、池ができるのか」

黒曜はわずかに呆れを表情に浮かべた。

「いや、埋め戻すよう伝えたでおじゃる……。もう池のバリエーションも尽きたでおじゃるゆえな」

白狐の言葉に、黒曜は納得するように頷いた。

「俺の部隊で弱体化の症状を出した者はいなかったことを考えれば、こちらの術や力を封じることのできる者は限られている……いや、あの時点では限られていた、と考えていいだろう」

黒曜は当日の記憶を振り返りながら言う。

玉響の隊では六尾の結界が容易に破られたと報告が上がっていたし、琥珀が率いていた隊は最も弱体化が顕著だった。

だが、黒曜の記憶のある範囲で、ということになるが、黒曜が率いていた者の中ではそういった状態になった者はいなかった。

退避後の聞き取りでも、症状として訴える者はいなかったので、黒曜の隊に対しては、相手がその策を取らなかった――いや、取れなかったと考えていいだろう。

「向こうにもそれなりに打撃を与えることができたとは思うでおじゃるが……正体すら摑めぬ以上、どの程度、相手の戦力を殺《そ》ぐことができたのかも分からぬし、こちらが後手であることに変わりはない」

白狐はそう言って少し間を置くと、

「ゆえに、新たな術式での術の開発は急務となる」

そう続けたが、

「だが、思わしくなくて悩んでいるんだろう？　しかし、おまえが気を揉んでも、一朝一夕《いっちょういっせき》に成ることじゃない」

だからあまり気にするなと、黒曜にしては珍しく白狐を思いやる言葉を口にした。

白狐はその言葉に息を吐くと、

「朱華と茅萱が、不知火に話を聞けたら、と……」

二人に言われたことを口にした。

だが、黒曜は「不知火」の名が出たとたん、すっと立ち上がると、

「邪魔をしたな」

さっさと部屋を出ていこうとする。

白狐は急いで前脚と後ろ脚で黒曜の足に縋《すが》りついた。

「待つでおじゃる！」

必死なのは縋りついてくる前と後ろ脚の強さで分かるが、

「俺は俺のことで手一杯だ」

黒曜は白狐を引きずりながら戸口へと向かおうとした。

「逃げるでおじゃるか！」

半ば切れ気味の白狐に対する黒曜の返事は、

「ああ」

潔いまでの肯定である。

その返事に白狐は、

「逃げるなら、我も一緒に連れていくでおじゃる！」

まるで駆け落ちを迫る恋人のように言い募った。

それに黒曜は、はぁ……、と長いため息をつくと足を止め、足に縋りつく白狐を見た。

「……あいつを、呼ぶつもりか」

「決めかねておじゃる」

「あいつの才能は認めるが……」

そう言う黒曜の顔は苦々しかった。

黒曜もまだ不知火が本宮にいた頃を知っている。

そして白狐ともども、とばっちりを受けた。

不知火が当時やらかしたことを思えば、常日頃、白狐——と、ついでに秋の波——が様々やらかして側近に怒られているが、そんなことは些末なことだ。

年末のように、白狐がトナカイのコスプレをしてソリを引き、サンタクロースの秋の波を乗せて本宮を練り歩いたとしても、無害だ（ちょっとだけ、本宮の廊下が傷ついたが）。

だが、不知火のやらかしは違う。

最終的に次元の層を壊しかけたことで叱責されたが、あれはそれまでの累積であろう。

つまり、それまでにも散々やらかしていたのだ。

現在本宮にある池の中で一番目と二番目に大きな池は不知火がやらかしたものだし、本宮の建

物は、一部、崩壊したことがある。

もちろん、それらの大きなミスと引き換えに、新たな術をもたらしはしたのだが、看過できないものだった。

次元の層を壊しかけるに至って、一度しっかり釘を刺さねば、他の稲荷たちの消滅まで招きかねない事故が起きるという認識に基づいての叱責だったと黒曜は認識しているし、他の稲荷たちもそうだ。

だが、釘を刺された不知火の認識は違っていたらしい。

『他の稲荷たちがいると、危険が及ぶ可能性がある』

からの、

『じゃあ完全自己責任のソロ活動ならよくない？』

で、本宮を出奔《しゆっぽん》した。

それ以来、本宮には一度も戻っていない。

好きにいろいろ研究をしているのだろう。

「……あれが本宮を出てから、長い。あの時以上に奔放になっているぞ」

本宮にいた頃でさえ、制御することができなかったのだ。

それを呼び寄せることには危惧しか覚えない。

だが、それは白狐とて同じ気持ちらしい。

「分かっておじゃる。……ゆえに、最終手段と思っている。……だが、そう猶予がないだろうことも事実でおじゃる」

苦悩する表情で言った白狐に、黒曜はただ頷いた。

6

「倉橋《くらはし》先生、いらっしゃいませ」

主たち不在の香坂家にやってきた倉橋を、伽羅が玄関まで明るく出迎える。

「こんにちは、伽羅さん。もう、体はいいのかな？」

伽羅が大怪我をした、という話は倉橋も聞いていた。

命を危ぶまれるほどの大怪我だったと聞いていたので、戻ってきて普通に生活をしているともすでに聞いていたが、実際に会うまでは心配だった。

だが、会ってみると伽羅は以前と変わりがないように見えた。

「おかげさまで、日常生活を送るのにはまったく問題ないですよー。まだ、尻尾は完全に戻ってないんですけどねー」

「ちなみに、今は何本に？」

「五本です」

「それでも、もう琥珀さんを超えたんだね」

倉橋が言うと、

「そうなんですよー。もう少し、お揃いでいたかったんですけど、そういうわけにもいかない事情があって……」

伽羅が苦笑しつつ言う。

それに倉橋は少し考える間を置いてから、

「……詳しいことって、聞いてもいいのかな。橡《つるばみ》さんに聞いたんだけど、詳しいことが分かってないのか、それともはぐらかしてるのか、教えてくれなくて」

倉橋が問う。

「あー……、橡殿が知らないってことじゃないです、現段階では」

伽羅は引っかかる返事の仕方をした。

「現段階では？　前は知らなかったってこと？」

「そうです。俺が怪我をする前は、あんまり詳しいことを伝えてなかったんです。……本宮と、ごく一部の神族の方とで、なんとかできるんじゃないかって思ってたんで……。橡殿に話すかどうかはずっと迷ってたんですけど、橡殿は抱えている広い領地を実質一人で見てるじゃないですかー」

伽羅の言葉に倉橋は頷く。

烏天狗の総領だった先代の橡は、領地の拡張に力を入れていて、よその土地神が治めていた場所まで奪取していた。

その跡を継いだのが、今の橡なわけだが、橡いわく、

『面倒しかねぇ……』

という状況である。

治める領地が広ければ広いだけ、手間が増える。

その上、自領となった経緯が、ほぼ無理やりだったらしいので、そこに住まう者たちとの折り合いがよくないし、隣接する土地を治める土地神とも関係はよくない。

もともと彼らの領地を奪ったのだから、いい感情を持たれているわけがなかった。

代替わりしてから橡は先代の非礼を詫び、関係改善に力を入れているのだが、良好とは言いがたい。

昔のことを倉橋はまったく知らないが、琥珀も橡に対しては警戒をしていたらしいのだ。

ただ、陽が橡の領地で迷子になった際、すでに代替わりしていた今の橡が陽を保護してくれたことがきっかけで、信頼してもいい相手だということになり――そのうち淡雪《あわゆき》の件で橡が琥珀たちを頼らざるを得ない状況になって今のような関係になっている。

だが、それ以外の隣接する土地神たちとは、基本没交渉で、事務的なやりとりが必要な場合のみ、といった感じらしいのだ。

「ただでさえ大変な橡殿に話して、気を揉ませてもなと思ったんで、野狐の件でちょっとゴタゴタがあるとだけ伝えたんです。……実際、俺たちは後方支援として現場に向かったんで、あんなことになるとは思ってませんでしたから」

そこまで言って伽羅は、

「ていうか、玄関で立ち話ですませる話でもないですよねー。時間、大丈夫そうならもう少し詳しく説明しますけど……」

と聞いてくる。それに倉橋は少し考えてから、

「あー……、悩ましいね。淡雪ちゃんが、昨日から雨のせいかご機嫌ななめらしくて」

と話すと、伽羅は、

「淡雪ちゃん、湿度が高いとご機嫌悪いですよねー」

橡の身内以外では、一番淡雪の世話をすることが多いため、納得したように言った。

「湿度で汗が蒸発しないから、肌がベタつくのが嫌なのかもしれないね。それに、雨だと橡さんは淡雪ちゃんを置いていくことが多いから、それを察してるのかもしれないし」

晴れていれば、近場の視察なら橡は淡雪を連れて散歩がてらに行くこともある。

というか、淡雪と二人きりにされる子守番の烏《からす》たちから『淡雪ちゃんを置いていくつもりですか？』という圧をかけられるので、近場の仕事で緊急でないときはそうせざるを得ないらしい。

だが、雨の日は淡雪を置いていくことになる。

雨の中、傘を差して淡雪を連れて行くのは面倒だし、淡雪が雨に濡れて風邪でも引いたら可哀想だ。

それに雨の日はさっさとすませたいので、烏の姿で出かけたほうが手っ取り早いのだ。

そして、烏の姿では淡雪を連れて行くことは無理だ。

「新聞の予報見ても、雨マーク続いてますから、梅雨入りしちゃったかもですね……椽殿、大変ですねー」

「まあ、立場上仕方ないけどね」

「その立場のおかげで、今日は倉橋先生とのデートもお預けですし？」

伽羅がにんまり笑って言うと、

「その間、淡雪ちゃんと二人っきりを楽しんでるけどね」

倉橋は余裕の笑みを浮かべて返す。

今日は倉橋が非番で、いつも通り淡雪を連れて三人で出かける予定だった。

しかし、準夜勤明けの倉橋が仮眠から起きる頃合いを見計らって椽から倉橋に、領内でちょっと調べなければならないことができた、と連絡が入ったのだ。

淡雪を預かろうかと言ったのだが、その時間もないというか、もうすでに椽は現場に向かっていて、子守番に預けて家を出たらしい。

それも、雨で機嫌のよくない淡雪を。

急いで向かったほうがいいだろうと香坂家に来たのである。

もちろん、伽羅に、香坂家にある「場」を使って、伽羅の祠まで届けてもらうつもりで。

「病み上がりの伽羅さんには申し訳ないけど、戻ってきてくれてて助かったよ」

「お安い御用ですよ。じゃあ、淡雪ちゃんをあまり待たせると子守の烏さんたちが大変ですし、行きましょうか」

伽羅はそう言うと傘を手に取り、つっかけを履いて、倉橋と一緒に「場」のある裏庭へと向かった。

以前は倉橋を、「場」を使って送る時は伽羅も一緒に祠まで飛んでいた。

だが、今の倉橋は、完全ではないが一人で行かせても問題ない程度に、橡の眷属化が進んでいる。

「もし帰る時、橡殿が倉橋先生を送れないときは、連絡してくださいい。今日は一日、家にいるんで」

裏庭の「場」で倉橋を送る準備をしながら、伽羅は言う。

「ありがとう。その時は遠慮なく」

そう返してくる倉橋に頷き、

「じゃあ、送りますねー」

と言うと、伽羅はすっと指で何かを描き、呪文らしきものを唱える。

途端、倉橋の周りが光で溢れ、それが消えた時には、伽羅が祀られている山頂近くの祠に移動していた。

「何回も体験してるけど……本当に便利だよね」

自分の家の庭と病院の庭にもあればいいのに、などと思いながら、倉橋は糸のような雨の中、傘を差し、橡の家へと向かった。

◆◇◆

外観は間違うことなく「廃墟《はいきょ》」。

周辺はセイタカアワダチソウや葉の形からイネ科と思しき草が生い茂り、建物全体は蔦《つた》に覆《おお》われた、どうひいき目に見ても「廃墟」。

それが、椽が淡雪と生活をしている「家」である。

ただ、人の出入りがあると分かるのは、入り口付近だけ獣道程度に草が倒れ、蔦も取り払われているからだ。

しかし、外観を見れば中の様子などは察するに余りある。

そんな廃墟に好き好んで出入りしようと考えるのは、よっぽどの廃墟マニアくらいだろうが、椽の張っている結界が、そういった者たちからここを守っている。

その廃墟、いや、椽の家に近づくにつれて、耳馴染みのありすぎる淡雪の壮絶なギャン泣きが聞こえてきた。

息を吸う時以外はずっと泣き叫んでいる、といった様子なのが窺えて、倉橋は少し歩みを速める。

そして、少し建て付けの悪い玄関の木製の引き戸を開けて、

「お邪魔しまーす」

声をかけると、倉橋の声に反応したのか淡雪の鳴き声がやんだ。

「くー?」

淡雪が疑心暗鬼《ぎしんあんき》な声で倉橋を呼ぶ。

それに倉橋は広い土間を進み、靴を脱いで玄関に上がりながら、

「淡雪ちゃん、来たよ」

と呼ぶと、畳《たたみ》の上をハイハイでずってくる音が聞こえた。

「くーし! く! く!」

玄関との隔てのガラスのはまった引き違いの戸の向こうに、淡雪の姿が透けて見える。

倉橋が引き戸を開けると、顔中を涙と鼻水でぐちゃぐちゃにした淡雪が、倉橋を見てぱぁぁっと笑顔を見せた。

「くー! く!」

「来るの遅くなってごめんね、お留守番頑張ったね」

倉橋はそう言うと背をかがめて、今日の世話係である烏の藍炭《あいずみ》からハンドタオルを受け取り、淡雪の顔を綺麗に拭ってやる。

そして抱き上げた。

まだグズグズと鼻を鳴らしてはいるが、抱き上げられた淡雪は改めて泣こうとはしなかった。

その様子に藍炭があからさまに安堵しているのが分かる。

「藍炭さん、大変だっただろう？　ごめんね」

ねぎらい、そして謝る倉橋に、

「倉橋さんが謝るようなことじゃねえ。ただ、大変だったってのには、深く頷かせてもらうが」

藍炭はそう言うと、顔を部屋の奥へと向ける。

そこには大量の黒い羽が散らばっていた。

「……壮絶だね……」

「一羽ずつの負担が少ないように、何羽かで分担したから、深刻なまでに禿《は》げた奴はいねえっつーか、深刻になる前に逃がした。あと、よだれでベタベタにされた奴は、丁度雨が降ってるから、外で羽を洗ってる……」

そう語る藍炭の目は、きっと遠いんだろうなと察しながら、

「あとは俺が見てるから、藍炭さんは休んできてくれていいよ」

と、伝えると藍炭は、

「じゃあ、ちょっとそこで寝かせてもらう」

そう言って、本棚の一番上にある円形の猫用クッション——淡雪の子守番の烏たちが交代で使ってくれたらいいなと倉橋が買ったものだ——に移動して、そこに収まった。

「使ってくれてるんだ」

「ああ。この時季はまだ朝晩が寒かったりするから、暖かくて重宝してる。若い連中は何羽か一緒に、みっちり入ってるぞ」

烏は、意外に大きくて、成猫くらいの大きさのものもいる。

「気に入ってもらえてるようで何よりだけど、夏用のも今度買っておくよ」

倉橋が言うと、藍炭は、

「あんたのそういう優しいとこに、椽は惚《ほ》れたんだろうなぁ」

しみじみ、といった様子で言う。

「え？　藍炭さんに、そんなこと言ってるの？」

倉橋が問い返すと、藍炭は、

「いや、あいつから聞いたことはねえから、傍から見ててそう思うってだけだ」

そう言ってから、

「ガキの頃から、次代として先代に仕込まれて、窮屈《きゅうくつ》な思いをして育ったからな。頼られはしても、頼る相手なんてのはなかった」

そう続ける。

「先代さんは、優しい人じゃなかったんだ？」

倉橋の問いに藍炭は頷く。

「偏屈なジジイだったからなぁ。それに、先代は自分で拡張した領内のあちこちで起こる諍《いさか》いに頭を悩ませて、椽にかまう時間もほとんどなかった」

「あー……、それは今も椽さん、悩ませられてるよね」

「その上、自分の親父がよその烏と作った弟の世話だ。まあ、ぶっちゃけ、椽の今の悩みの六割は淡雪だがな」

藍炭はそう言って、淡雪を見る。

当の淡雪は、倉橋に抱っこされてからすっかりご機嫌で、倉橋の顔を見上げながら、倉橋のTシャツの袖を引っ張って遊んでいる。

「こうしてると、天使みたいなんだけどね」

倉橋といる時、七割くらいはご機嫌な淡雪だが、三割はご機嫌斜めなこともある。

基本、それは夜泣きという形で表現（？）されるため、倉橋の眷属化がなかなか進まないという弊害が出ているが、そもそも「夜泣き王」であることは倉橋も知らされていたので、さほど苦にはしていない。

ただ、倉橋がいない時のご機嫌率が逆転現象を起こし、三対七くらいになるらしいのだ。

しかも、ご機嫌な時には、子守番の烏の犠牲があることも多い。

機嫌が悪い時にも、子守番の犠牲があるので、どちらにして子守番は大変なのだ。

「早くあんたが眷属《けんぞく》になって、毎日淡雪の世話を見てほしいもんだ」

しみじみ、とした様子で言う藍炭に倉橋は首を傾げた。

「え？」

「え？」

意味が分からない、といった感じの倉橋に、藍炭も同じ言葉を返す。

両者の間に一瞬沈黙があり、

「俺、眷属になっても、仕事は辞めないけど」

倉橋は言った。

その言葉に藍炭は猫クッションから身を乗り出した。

「そ…そうなのか？」

「うん。定年までは医者を続けるつもりだけど……、あれ？　もしかして眷属になったら、仕事辞めなきゃいけないってルールだったりするのかな」

――そういえば、そういう細かい部分って聞いてなかったなぁ……。

今さらなことを思う倉橋に、

「いや、別にそういう決まりはないが……そうか、仕事を続ける、のか」

藍炭はあからさまに落胆した様子で返す。

「うん。わりと地方医療って医師が潤沢ってわけじゃないから」

そう説明したものの、かなり期待されていたらしいのはひしひしと感じられた。

「眷属になったら、簡単な術なら使えるようになるって聞いてるんだけど……それに、自分で『場』

を使って移動するのって含まれるのかな」

前は伽羅の付き添いが必須だったが、今は伽羅に送り出してもらえば一人で到着するところまではできるようになった。

だから、もし一人で移動の呪を使えるようになれば、「場」を借りれば今よりは高い頻度で来ることができると思うのだ。

「どうなんだろうなぁ……？　眷属の性質によるみてえだが」

「俺の性質？」

「ああ。例えば、肝試しなんかに行って、そういうものを視ちまうとか、夢で見たことが現実に起こりやすいとか、そういう性質だと大きな術でも使えるようになるみたいだが……」

それに倉橋は肩を竦めた。

「んー、それだと俺はあんまり素質はなさそうだな。病院って、助かる人ばっかりじゃないからそういう噂が立ちやすいのか、実際そうなのかは分からないんだけど、やっぱり『出る』って話は聞くんだよね」

東京の病院にいた時もそうだったし、こっちの病院でも、いわくつきの場所と時間はある。

大抵は深夜で、空になっているはずの病床のナースコールが鳴る、だとか、それこそ霊安室の前の廊下に座り込んでいる人がいる、だとかそういうものだ。

今の病院で倉橋に最も身近なその手の話題は、仮眠室で寝ているときに金縛りに遭って、助けて、と血まみれの患者に声をかけられた、というものだ。

同僚の中でも、結構な人数が被害に遭っているのだが、倉橋は一度としてお目にかかったことがない。

――そういえば、最近、出たって聞かないなぁ……。

呑気《のんき》にそんなことを思っていると、

「まあ、それだけが術を使える性質の特徴ってことでもないから……希望は捨てないようにしておく…」

藍炭は気落ちした様子でそう言うと、

「じゃあ、淡雪のことは頼んだ」

と続けて、寝るポジションを定めると、目を閉じた。

「おやすみ、藍炭さん」

倉橋は挨拶をして、淡雪へと視線を向ける。

じっと倉橋を見ていた淡雪は視線が合うと、嬉しそうに笑顔を見せた。

「今日も相変わらず可愛いね。……絵本でも見ようか」

声をかけ、倉橋は片方の手で本棚近くの畳の上に座布団を準備するとそこに腰を下ろし、胡坐《あぐら》をかいた足の間に淡雪を座らせる。

そして本棚から絵本を取り出した。

淡雪はまだ、人の言葉をどの程度理解しているか分からないので、基本的に絵で楽しめるものを選んで買っている。

その中でも食いつきがいいのは、飛び出す絵本だ。

キャラクターがポップアップで飛び出してきたりすると、手を叩いて喜ぶ。

立て続けに三冊、絵本を読んだあと、淡雪が積み木を指さしたので、二人で積み木で遊ぶ。

淡雪のお気に入りの遊びは、積み木崩し……橡曰く「一人賽《さい》の河原《かわら》ごっこ」らしいのだが、今日もやはりそれだった。

だが、その遊び方も、最近はバリエーションが増えてきた。

以前は、二段か三段積んだらすぐに壊していたのだが、最近は積む階層は二段か三段と変わらないものの、それを複数作ってから、一気に壊していく、というやり方がお気に入りだ。

「崩れていくドキドキ感がいいのかな……」

橡は、「壊すのが好き」という部分が引っかかるようで、淡雪の情緒的に問題があるんじゃないかと心配していたりもする。

倉橋は小児科は研修医の時に実習でしばらくいた程度なので、子供のことには詳しくない。

だが、橡が心配していたので、知り合いから相談された、という態で、問題行動なんだろうかと聞いてみたところ、子供の成長過程では時として破壊的な部分も見られるし、まだ乳幼児なら様子見でいいだろう、と返事があった。

「もう少し大きくなったら、ジェンガとかも楽しむようになるかな……」

そんなことを呟きながら、倉橋は淡雪のために積み木を積んだ。

◆◇◆

淡雪が堪能するまで延々積み木で遊んだあと、そろそろおやつ時だからと、買い置きしてある市販の乳児用のおやつを淡雪に食べさせつつ、倉橋も持ってきたパンと水筒をカバンから取り出した。

「藍炭さん、橡さんっていつ頃戻ってくるか言ってた?」

ひと眠りして起きていた藍炭に問う。

「いや、何も言ってなかったな」

「そうなんだ……。急にちょっと調べることができたって言ってたんだけど、何を調べに行ったのか聞いてる?」

かなり急いでいる様子だったし、聞いたところで倉橋が手伝えるのは淡雪の相手くらいなので詳しく聞くことはしなかった。

だが、急用で、時間のかかる用件となれば、結構込み入ったものだろうと想像がつく。

「もともと別の土地神が治めてて、先代がこっちに取り込んだ領地なんだが、そこにいた動物が最近、結構な数消えてるらしい」

「動物って、狸とか猪とかってこと？」

「まあ他には、鹿、アライグマなんかもいるが……」

「密猟とか？　もしくは熊が出るようになった、とかかな」

「いや、このあたりじゃもう、何十年も熊は出てないから違うだろう。気配が荒れてるみてえでな」

藍炭の言葉を倉橋は聞き直した。

「気配が荒れてるって、具体的にどういうこと？」

「言葉通り、気配が荒れてるんだが……具体的にか……」

そう言うと藍炭は少し考え込む仕草を見せ、ややしてから口を開いた。

「感覚的なモンで、目に見えるモンじゃねえから、雰囲気だけ捉えてほしいんだが、盥《たらい》の中の水に、一滴ずつ水滴を落とすと、波紋ができるだろう？　多少、その間隔が速くなっても、水面の波紋にさほど変化はねえ。人の生活で言えば、晴れの日、雨の日、風の日、多少違いはあっても自然なことで日常が大きく変わるわけじゃねえ」

それに倉橋は頷く。

「けどな、水滴が別の場所からも落とされ始めたら、できる波紋は変わる。もともとの波紋を打ち消しもするだろうし、水滴の量が多ければ水面が荒れる。大雨になりゃ洪水、大風なら竜巻の心配もあるだろうし、晴れが続きすぎりゃ干ばつが起きる。それは不自然ってことだろう」

「じゃあ、不自然なことが起きてるってこと？」

「実際に起きてるかどうかはまだ分からんが、少なくとも自然とは言いがたい何かを感じて、動物たちが逃げてんのかもしれねえ。その原因を探りに行ったんだが……」

「時間がかかってるってことは……」

何か大きな問題が起きているということではないのだろうかと思った時、外でどさっと何かが落ちてきた音が聞こえた。

「え、今の音、何……」

倉橋が見に行こうと腰を浮かせたが、

「あんたはここにいろ！」

焦った様子で藍炭が言った。

それと同時に、外にいる烏たちがけたたましく鳴き出した。

「ここには橡が結界を張ってる。妙なモンなんか入ってこれねえはずだ。それを破って入ってきたんなら……」

藍炭はそう言うと、居間から出ていく。

淡雪はお菓子をぎゅっと握ったまま、固まっていた。何か不穏なものを感じ取っているのか、真剣な目をしていた。

「淡雪ちゃん、大丈夫だよ」

そう声をかけたが、淡雪は微動だにしなかった。

——何か、起きようとしてる？

倉橋がそう思った時、

「倉橋さん、悪いが外に出てきてくれ」

外から藍炭が呼ぶ声がした。

その声に、倉橋は固まったままの淡雪に、

「いい子で待ってて。すぐに戻るから」

そう言い、玄関へと向かった。

烏は相変わらず鳴き続けていて、玄関の戸を開けると、雨の中、五十羽近い烏が何かを警戒するように空を飛び、地面にも十羽ほどが降り立っていた。

「倉橋さん、こっちだ」

その中、藍炭が倉橋を呼び、それで降り立つ烏の中からどれが藍炭か分かった。それと同時に、藍炭のすぐ横に、一羽の烏が倒れているのが見えた。

「——まさか！」

倉橋は一気に走り寄った。そして、倒れている烏の脇に膝をつく。

「まさか、椽さん……？」

地面に血が流れている。

どこか怪我をしているのは明白だった。

「椽さん！　椽さん！」

名を叫ぶ倉橋に、

「倉橋さん、落ち着け！　意識が飛んでるだけだ、死んじゃいねえ」

藍炭は言い、続けた。

「家の中へ運んでやってくれ」

それに倉橋は頷くと、そっと椽を両手で持ち上げる。

体は温かかった。

だがぐったりとして、生きていると確信するのは難しかった。

家の中に運び込み、さっきまで倉橋が座していた座布団の上へと横たわらせる。

「……本当に、生きてるんだよね？」

倉橋は一緒に部屋に戻ってきた藍炭を見た。

「ああ。だから、結界がちゃんと残ってる」

「怪我、どうしたら……」

人の姿をしていれば何とか治療ができる。だが、鳥の姿ではどうすればいいのかわからなかった。

「意識が戻りゃ、自分でなんとかするだろ……」

藍炭は苦々しい口調で言った。

今、領内にいる一族の中で強い力を持つのは橡と淡雪だけだ。だが、淡雪は力はあるが、まだ赤ちゃんで術など使えるはずがない。

そのため、橡を何とかできるのは、橡本人だけなのである。

だが、意識がいつ戻るのかが分からないのだ。

「……伽羅さんを呼んだら、なんとかならない？」

倉橋の脳裏に浮かんだのは、伽羅の姿だった。

「七尾の稲荷か？　そりゃ来てくれるってなら……」

藍炭の言葉に、倉橋はすぐに携帯電話を取り出した。そして伽羅に電話をかける。

すぐに伽羅は出た。

「もしもし、伽羅さん……」

『あ、倉橋先生、無事なんですね』

倉橋の言葉に被せるように、伽羅は真っ先に倉橋の安否を確認した。

「俺は、大丈夫。……橡さんが、怪我、して……」

そう言うのが精一杯だった。

『今、祠からそっちへ向かってるとこです。すぐ行きますから！』

伽羅はそう言うと通話を切った。

そして、それから五分足らずで伽羅はやってきた。

「はいはいはい、来ましたよー！」

靴を脱ぎ捨てるようにして居間に上がってきた伽羅の姿を見たとたん、ずっと固まっていた淡雪が、泣き出した。

「淡雪ちゃん、もう大丈夫ですよー、俺が来ましたからねー」

いつもの軽い口調で淡雪に声をかけると、椽のそばに近づく。

「あ、倉橋先生、淡雪ちゃん抱っこしてあげてください」

そう言ってから、椽の上に手をかざし、聞き取れないほどの小さな声で呪を唱えた。

その様子を見ながら、倉橋は泣いている淡雪を抱いた。

異常な状況を察しているのだろう。淡雪は泣き止もうとはしなかった。

その泣き声だけが大きく響く中、手の位置を何度か変え状態を探っていた伽羅が、

「……魂に問題はないですね。魄……体の怪我だけです。あと、ちょっとだけ穢《けが》れがありますけど、とりあえず祓《はら》っちゃいます」

状態を説明した。

「傷は深くないのか？　体の大きさのわりに、出血が多い……」

彼らがどういう状態になれば『死』を迎えるのか、倉橋は知らない。

だが、外に落ちていた椽の周りには大量の血があったし、黒い羽で見た目にはほとんど分からないが、体もぐっしょりと血にまみれていた。

そこから導き出されるのは「失血死」という言葉だ。

しかし、伽羅は、

「外の血も見ました。あの量が今の体から出てたら、死んでます。多分、途中まで人の姿してたんだと思いますよ」

そう簡単に説明してから、指で空中に文字か模様のようなものを描いた。

描かれたそれが光を放ち、椽の体の中へと吸い込まれていく。

それからもう一度、伽羅は椽の体の上に手をかざした。

伽羅の手のひらから広がった光の輪が球状になり、椽の体を包む。

「とりあえず、これで大丈夫だと思います」

「伽羅殿、すまねえ。助かった」

藍炭が詫びと礼を告げる。

「いえいえ。お隣さんに何かあったら、こっちにも影響出ちゃいますんで。持ちつ持たれつってやつですよー」

いつもの柔和な笑顔を見せ、伽羅は言う。

そして視線を倉橋へと向けた。

「倉橋先生、淡雪ちゃんを着替えさせときますから、倉橋先生は手を洗ってきてください」

「え……？」

そう言われ、倉橋は淡雪を見た。

ぐずっている淡雪の服は血で汚れていた。

「あ……」

椽を連れてきたとき、手に血がついてしまっていたのだ。そのまま淡雪を抱いたのだから、淡雪の服も汚れてしまって当然だ。

「じゃあ淡雪ちゃん預かりますねー」

伽羅が淡雪に手を伸ばす。それに淡雪はまた声を上げて泣き始めたが、

「大丈夫ですよー、キレイキレイするだけですからねー。倉橋先生もキレイキレイしてくるだけですから、すぐにまた倉橋先生に抱っこしてもらえますよー」

淡雪の泣き声に怯むことなく、伽羅は倉橋から淡雪を預かる。

「……ごめん、ちょっと、行ってくる。淡雪ちゃん、すぐに戻るから、いい子で待ってて」

倉橋はそう言って、居間を出て勝手口の外にある井戸へと向かった。

手押しポンプは塗装が剝げ、ところどころ錆《さび》があるが、ちゃんと動くのは知っている。

レバーを何度か上下させると、口から水が流れ出し、水受けに置いてあるバケツに水が溜まった。

倉橋はバケツに溜まった水で手についた血を綺麗に洗い落とす。

大量の出血を見るのは、慣れていた。

いや、慣れていたはずだった。

もっとひどい怪我を負った患者を診たことだって、何百回とある。

新人の頃には動揺し、何をしていいかも分からず、突っ立っているしかできなかったこともあるが、今はどんな状態、状況であっても落ち着いて冷静に判断し、動くことができるようになっていた。

だが——椽だと認識した瞬間、頭から、すべてが飛んだ。

「……情けない…」

呟いた自分の声が震えていた。


手を洗い、戻ってくると、伽羅に着替えさせてもらった淡雪は、伽羅に抱っこをされながらもギャン泣きを続けていた。

だが、倉橋が戻って来たのにきづくと、一生懸命手を伸ばしてくる。

「少しくらいは俺にデレてくれてもいいじゃないですかー」

伽羅はそう言いながら、淡雪を倉橋へと渡す。

淡雪は倉橋に抱かれると、自分からもぎゅっとしがみつくようにして倉橋の服を摑んで、まだ感情が治まらないように、ふえぇ、ふえぇ、と泣いた。

その様子を微笑ましそうに見る伽羅に、

「……香坂の家のほうは、大丈夫？」

そう聞いた。

「大丈夫ですよー。龍神殿にお願いしてきたんで」

「龍神さん、起きてたんだ」

龍神は力を回復させるため、基本的に金魚鉢で寝ている。起きているときのほうが稀《まれ》なのだ。

「っていうか、橡殿の領地のほうで何かあったっていうのは、俺も分かりましたし、龍神殿も気づいたみたいで」

「……伽羅さんたちが、気づくくらい？」

「隣接してる土地ですから、一応、気にかけてるんですよいろいろ。橡殿のほうで何かあったら、こっちに影響出ることもあるんで……龍神殿に守りを任せて、俺は様子を見に出たんです。その途中で連絡もらって」

伽羅はそこまで言ってから、

「あ、携帯電話も汚れてたんで、一応拭いておきました」

倉橋の携帯電話を手に取り、見せた。

「あ……そっか…、ありがとう」

淡雪の服も汚したのだ。

その前に伽羅に連絡した時、携帯電話も血で汚れただろう。

しかも電話をそのまま畳の上にでも放置していたらしい。

「カバンに入れときますね」

伽羅は倉橋のカバンの中に携帯電話をしまった。

そこで少しの間、会話が途切れたが、

「伽羅殿、橡は、いつ頃起きる？」

藍炭が聞いた。

「明日の朝から昼の間には。橡殿は目が覚めたら傷が閉じ切ってなくてもすぐに動こうとすると思うんで、今夜は起きないように呪をかけてます。朝には傷が閉じると思いますから」

伽羅の説明に藍炭は頷いた。それからちらりと、淡雪に視線をやる。

それで、藍炭の言いたいことは察した。

「淡雪ちゃんは、今夜、うちで預かりますねー」

「そうしてもらえると、本当に助かる……。橡がこの状態で、淡雪までとなると、何か起きた時、俺たちじゃどうにもならねえ」

伽羅の言葉に、藍炭は心底安心した声で言った。

「任せてください」

伽羅はそう返事をしてから、倉橋を見た。

「橡殿のこと、心配だとは思うんですけど、さっきも言ったとおり今夜は起きないんで、とりあえず、うちへ帰りましょうか」

だが、すぐに頷くことはできなかった。

自分がいても、何もできないことは分かっている。

それでも、そばにいたいと、つい思ってしまう。

『先生、今夜だけでも、そばにいてやりたいんです』

救急で運ばれ、集中治療室に移された患者の傍らで、家族が必死の目をして訴えてくるのは、よくあることだ。

そのことを、倉橋は今の自分に重ね——そのうえで頷いた。

「ああ、そうだね。……淡雪ちゃん、行こうか」

そう言って、倉橋は立ち上がる。

「俺、荷物持ちますね。藍炭殿、一応、俺もここに結界張っていくんで安心してください」

藍炭にも声をかけて、伽羅も続いた。

外に出ると雨はまだ降り続いていた。

血痕は雨に流されつつあったが、それでもまだ、生々しくその跡があった。

「橡殿は、大丈夫ですよ」

思わず足を止めた倉橋に、伽羅が声をかける。

「……うん」

小さく返し、倉橋は止まってしまった足を進めた。

伽羅の祠に向かう。

互いに、言葉はなかった。

「……血とか、怪我とか、慣れてたはずだったんだ」

歩きながら倉橋はポツリと言った。

伽羅は倉橋に視線を向けたが何も言わず、ただ続きを待った。

「橡さんだって認識した途端、何をしていいか分からなくなった。……俺には何もできなくて、伽羅さんを呼ぶので精一杯だった」

強い自責のこもった声だった。

「――大事な人が怪我をしたら、動揺するのは当たり前のことですよ」

静かに伽羅は言い、

「琥珀殿が倒れた時、俺も、涼聖殿も、抜《ぬ》け殻《がら》みたいになってました。何とか日常を回すので精一杯で……いえ、日常を回さなきゃって思うから、なんとかなってたって感じでした」

そう続けた。

龍神に力を奪われたあの時の焦燥感は、今でもはっきりと思い出せる。

琥珀が消滅してしまうかもしれない。

頭の中にはずっとそれがあった。

秋に琥珀が倒れた時には、伽羅は本宮で琥珀が療養で使う部屋の調整をしていて、戻ってくることができず、ただひたすら、心配だった。

「……橡殿は、大丈夫です」

伽羅は最後にそう付け足して、そのあとは家に戻るまでどちらも口を開かなかった。

7

夜になり、香坂家に涼聖たちが帰ってきた。

「ただーいまー」

玄関の戸が開く音に続いて、いつもの陽の元気な声が聞こえてくる。

その声に伽羅は淡雪を抱いて迎えに出た。

「陽ちゃん、琥珀殿、涼聖殿、おかりなさーい」

「あわゆきちゃんがきてる！　あわゆきちゃん、こんばんは」

淡雪がいるのに気づくと、陽は笑みを浮かべて淡雪に挨拶をする。

淡雪は陽の声に小さく手を振って、

「はーぅ」

おそらく、陽の名前を呼んだ。

「つるばみさんもきてるの？」

陽は淡雪に手を振りながら、伽羅に問う。

「橡殿に用事ができたんで、淡雪ちゃんを預かったんですよー。でも倉橋先生がいます。今、お風呂です」

「くらはしせんせいがきてるんだ！　じゃあ、あわゆきちゃんと、くらはしせいせいおとまりするの？」

「そうですよー」

伽羅の返事に陽は嬉しそうに小さく跳ねた。

「やった。あわゆきちゃん、きょう、シロちゃんとボクと、さんにんでいっしょにねようね」

笑顔で声をかける。

その様子を涼聖と琥珀はただ見守った。

倉橋が来ていることは二人とも知っていた。

夕方、往診の途中で伽羅から携帯電話のアプリにメッセージが入っていたのだ。

『琥珀殿には、心話で詳しめにお伝えしてるんですけど、陽ちゃんがいると説明しづらいと思うんで涼聖殿にもちょっと端折りめに連絡しときます』

という出だしで、倉橋が橡のところにいる時に、橡にトラブルが起きたので、淡雪を今夜、香坂家で預かると言って連れてきたこと。

倉橋が今夜、家に帰るかどうかまではまだ聞くことができていないが、倉橋も泊まる可能性があること。

橡のトラブルの詳細はまだ分かっておらず、本宮での一連の騒動と関連しているのか、まったく別件かも分からないこと、が書かれていた。

とりあえずそれに「ＯＫ」とだけ涼聖は返した。

椽のトラブル、というのがよく分からないが、これは伽羅も分かっていないようだし、倉橋が泊まるのも、淡雪を預かるのも、別に大したことではないからだ。

陽が待合室の患者と話している間に、琥珀と少し話をして、陽には自分たちも帰るまで知らなかった態でいることにした。

理由は単純に、陽に、なぜ二人が急に泊まるのかを問われたら、余計な嘘《うそ》をつくことになりそうだったからだ。

嘘をつくことと、黙っていること。

どちらもいいことではないと思うが、黙っていることで陽に不利益が生じないなら、伝えなくてもいいだろうという結論になったのだ。

少なくとも、嘘をつくよりはマシだ。

陽は予定外のお泊まりという楽しみに気持ちを奪われて、涼聖と琥珀に話を振ってくることはなかった。

というか、その前に伽羅が、

「淡雪ちゃんは倉橋先生とお風呂をすませて、一足先に出てきたところですから、陽ちゃんとシロちゃんは倉橋先生が出てきたら、お風呂にしましょうねー」

と陽に話かけて、

「そういえば、シロちゃんは？」

陽はいつもなら一緒に出迎えに来るシロがいないのに気づいて、そちらに気を取られた。

「シロちゃんは、淡雪ちゃんの相手をして一緒に遊んでたので、今は龍神殿と居間でゆっくりしてます」

「りゅうじんさまも、おきてるの？」

「起きてますよー。夕ご飯食べて、お酒呑んで、楽しんでます」

お酒呑んで、のくだりあたりで、伽羅から一瞬黒い気配がしたのは気のせいだろうかと涼聖は思う。

だが、陽は気づかなかったらしく、

「じゃあ、ただいまいってこよ！」

そう言って居間へと向かっていく。

それを見送ってから、

「あれから何か分かったか？」

琥珀が靴を脱ぎながら小声で聞いた。

「いえ。何が起きたのかは橡殿に聞くしかありませんし、当の本人は朝まで起きないでしょうから」

まあ、起きられないようにしたの、俺なんですけどねー、と伽羅は軽く付け足す。

「ただ、祠から椽殿の領地を監視してますけど、今のところ異常は見られないです。龍神殿も注視してくれてますけど、何も感じないと」

　続けられた言葉に琥珀は頷いた。

「ならば、今は待つしかないな。私たちの件と、関連しているかどうか」

「私たちの件ってのは、この前の、伽羅が怪我したあれか」

　涼聖の言葉に琥珀と伽羅は頷いた。

「ああ。時期が時期ゆえ……」

「無関係であってほしいですけど、無関係なら無関係で、別件で騒ぎになるのかなーって、思ったらそれはそれで面倒クサって感じなんですよねー。フツーに派手に転んで怪我しました、みたいなオチならいいんですけど」

　肩を竦める伽羅に、

「絶対そういうオチになんねえって分かって言うなよ」

　涼聖がそう返した時、脱衣所の引き戸の開く音が聞こえた。脱衣所は玄関からまっすぐ奥へと続く廊下の途中にある。

　その廊下に出てきた倉橋は涼聖たちの姿に気づき、近づいてきた。

「やあ、お邪魔してるよ」

「ええ、さっき聞きました。陽が淡雪ちゃんと一緒に寝るってはしゃいでましたけど」

涼聖が言うのに、

「じゃあ、俺、陽ちゃんとシロちゃん、お風呂に入れてきますね。琥珀殿と涼聖殿の夕ご飯はちゃぶ台にセッティング済みなんで、ご飯とお茶だけ自分でよそってください」

伽羅はそう答えながら、倉橋がやってきたことで抱っこをしてもらおうと必死で手を伸ばしている淡雪を倉橋に渡し、居間に陽とシロを呼びに向かった。

倉橋は涼聖と琥珀を見て、何か言おうとしたが、

「先輩、飯はもうすんでますか？」

先に涼聖が聞いた。

「ああ。伽羅さんが出してくれて」

「そうなんですね。じゃあ俺たちも食おうか」

琥珀を促すように、涼聖は言う。

とりあえず今は、深い話はしない、という意思表示だと倉橋にも伝わったらしい。

「きんぴらごぼうがおいしかったよ」

倉橋もそんなことを返しながら、涼聖たちと一緒に居間へと向かった。


涼聖たちの食事の間も、橡の話はしなかった。

龍神が、前に倉橋が持ってきたワインの話を始め、陽たちが風呂から上がってくるまで各種の酒談義が続いていた。

陽たちが寝支度を終えると、寝かしつけは、淡雪が倉橋を放さなかったこともあって、倉橋が担当することになり、橡の話が聞けたのは陽たちの寝かしつけを終えた倉橋が戻ってきた、三十分後のことだった。

とはいえ、倉橋も何が起きたのかは知らなかった。

「家の外で、何かが落ちた音がして……様子を見に出た藍炭さんが、すぐ俺を呼んで、外に出たら烏に戻った橡さんが血を流して倒れてた……」

その時の光景を思い出した倉橋の表情は強張っていたが、

「とりあえず、橡さんを家に運んで。でも藍炭さんたちじゃ何もできないらしくて、伽羅さんなら何とかできるかもしれないって話になって、伽羅さんに電話をして来てもらった」

倉橋は淡々と手短に時系列で起きたことを話してから、伽羅に視線を向けた。

「俺が電話をした時、もう伽羅さんはこっちに向かってるところで……」

その言葉を聞いた涼聖は少し眉を寄せた。

「連絡が来る前に、もう向かってたってことだよな？　おまえ、実は何か大事なこと知ってんじゃないのか？」

「違いますってー！　俺が有能な七尾ってだけです、今は五尾ですけど！」

伽羅はそう言ってから、

「先代の時のことは知りませんけど、今の橡殿とは、関係が良好じゃないですか。だから、相互扶助的な感じで、互いに気にかけ合うって感じなんです。で、気にかけ合うために、ある程度は相手の土地の気配を探っていいってことにし合ってるんです」

と説明し、琥珀も頷いた。

「集落の祭神殿も、こちらの気配を気にかけてくださっている。隣り合う領地ゆえ、片方に何かがあれば火の粉が飛びかねぬのでな。自領を守るためでもある」

「なるほどな……」

涼聖は納得した様子で頷いた。

「ただ、橡殿が怪我をするような予兆的なものは何も感じなかったんです。何の気配もなくて、いきなり橡殿の『気』が薄くなったっていうか」

続けられた伽羅の言葉に、龍神は、

「面妖《めんよう》なことよな。橡は、生半なものではなかろう。にもかかわらず、何の気配もなくいきなり怪我を負わせるような相手など……」

事実を俯瞰《ふかん》するような口調で言った。

倉橋は少し引っかかるような表情を見せると、

「……気配…」

呟いてから、何か思い出したように続けた。

「気配が荒れてるって藍炭さんが言ってた。……橡さんの領地の中で、もともとは別の神様の土地だったところを、先代が奪った土地があって…そこの動物たちが最近姿を消してて、それの様子を見るために橡さんは出かけてて……」

倉橋の言葉に、琥珀、伽羅、龍神の三人は、考えるような顔を見せたが、

「気配が荒れる原因はいろいろと考えられるが、もともと、別の者が治めていた土地だというなら、残留していたその神の気と橡の気が互いに作用しあった、ということも考えられるな」

龍神が言い、

「先代さんって、結構強引にやっちゃったって言いますしねー……」

伽羅も先代絡みかもしれないと踏んだのか、続けた。

「いずれにせよ、橡殿がお目覚めにならねば分からぬことだな」

琥珀はそう言ってから倉橋へと視線を向ける。

「倉橋殿は、明日、仕事は？」

「あります。呼び出しがなければ、八時から……」

「救命医の仕事は激務だと涼聖殿から常々聞いている。心配で眠れぬかもしれぬが、もう横になって体を休められたほうがいい」

琥珀が言うのに、伽羅も続いた。

「そうですねー。椽殿に何かあったら、すぐに倉橋先生を起こしますから、そうしてください。もし、一人で眠るのがアレだっていうなら、俺でよければ添い寝します」

いつもなら伽羅のその冗談に、倉橋は笑って反応できただろうが、どう返すべきか迷っているのが見て取れた。

だがその迷いの間が奇妙なものになって空気を壊す前に、

「添い寝がバレたら、その日がお前の命日になろうな」

龍神が物騒な言葉を口にする。

「え！　命がけの添い寝になるなら、すみません、俺、やっぱり琥珀殿がいいです」

速攻で鞍替《くらが》えするのに、

「今日を命日にしてぇってか？」

涼聖が即座に返すと、ようやく倉橋は少し笑った。

それからほどなく、倉橋は客間へと向かい、居間には涼聖、琥珀、伽羅、龍神が残った。

龍神は軽く指をパチンと鳴らすと、

「防音結界を張った。……涼聖、何か聞きたいことがあるのだろう？」

涼聖に視線を向け、言った。

「聞きてえっつーか、確認だが、椽さんは本当に心配ないのか？」

涼聖は、まずそれを聞いた。

倉橋の手前、本当に病状を隠しているのかもしれないと思えなくもなかったからだ。

「それについては、本当に心配ないです。多少の穢れはありましたけど、浅い場所のものだったんで払いましたし、傷自体も一晩眠れば動くのには支障ない程度まで回復します。……無理して動き回られたほうが厄介なことになりかねないんで、強制的に寝てもらっただけで」

伽羅はそう言ったが、

「ただ……正直本当に『誰が』ってとこが全然なのが気持ち悪いんですよ。穢れを残していったのに、正体を摑めないっていうか……」

首を傾げて続けた。

「正体が摑めぬ？　まったく見当もつかぬと？」

琥珀が怪訝な顔をする。

「未知のってわけじゃないです。ただ、単体じゃないっていうか……悠長に観察してる余裕もなくてすぐに祓ったんで、正確なところは全然なんですけど、少なくとも、妖、人、それから神気の三つは感じたんですよね」

伽羅が言うと琥珀と龍神は厳しい顔をした。

「……それは、おかしなことだって認識でいいのか？」

涼聖が問うと、龍神は頷いた。

「人の体から、魚と、鳥の血液が一緒に出てきたら、普通ではないだろう」

「まあ、そうだな。……そんなキメラみてえな化け物がいるってことか」

「そのあたりも何とも、ですね。複数人から同時に攻撃されたって可能性もありますから」

冷静に伽羅は返す。

「複数犯なら、それはそれで面倒なんじゃねえのか？」

「そうなんですよー。弱い連中でも、群れると強気になっちゃうっていうのは、こっちでもそんなに変わんないんで」

深刻な空気にしまいとしているのか、それとも伽羅たちの中ではそこまで深刻な問題ではないのか、伽羅は軽い口調で返してきた。

「いずれにせよ、橡が目覚めるのを待つしかあるまい。……まあ、安心しろ。この家には我がついておるゆえ」

龍神は余裕の笑みを浮かべて涼聖を見た。

「ああ、頼りにしてる」

「対価は、大吟醸《だいぎんじょう》なら五合瓶でよいぞ。吟醸酒《ぎんじょうしゅ》なら一升瓶。ああ、しゃんぱん、とかいう、葡《ぶ》萄酒《どうしゅ》の親戚でもかまわぬが」

さらっと酒を要求してくる龍神に、

「出来高次第だな」

涼聖は同じくさらっと返した。

◆◇◆

翌日、椽は昼前に目覚めた。

すでに伽羅は朝の家事ルーティーンをこなして、留守を龍神に任せ、淡雪を連れて椽の家に来ていた。

「やっと起きましたかー」

まだ、どこかぼんやりとしているように見える烏姿の椽に声をかけると、椽は頭を巡らせて伽羅を見た。

「……伽羅…、おまえ、なんでここにいる」

「椽殿が昨日、怪我をして戻ってきたんで、助っ人に呼び出されたんですよ。っていうか、昨日のことって覚えてます？」

伽羅が問うのに、椽は少し考えてから、

「領地の見回りに出て——襲われた」

「誰にですか？」

「蜘蛛《くも》みてえな化け物だ。けど、人みてえな腕もあった」

「女郎蜘蛛《じょろうぐも》、ですか」

「……いや、違うと思う。詳しくは分からねえ」

橡はそこまで言ってから、

「倉橋さんは、どうしてる。無事なのか」

倉橋の身を案じる問いをした。

「ずいぶん、橡殿の心配はしてましたけどね。昨日は香坂の家に淡雪ちゃんも一緒に泊まってもらいました。今日も仕事だから、眠れないと仕事に差し障ると思ったんで、ちょっと術を使って寝てもらいましたけど」

心労もある上に寝不足ともなると、さすがの倉橋でも問題だろうと、伽羅は倉橋の眠る客間に眠りやすくなる術をかけておいた。

そのおかげで倉橋は「いつのまにか寝ていて、朝までぐっすりだった」と、朝食の時に話していて、少なくとも顔色は悪くなかった。

「今は病院で仕事中だと思います。あとで、倉橋先生に橡殿が起きたって連絡しときます」

「ああ、頼む。淡雪は迷惑かけなかったか」

「大丈夫ですよ。淡雪ちゃんもずいぶん動揺してたみたいですけど、倉橋先生が一緒だったんでご機嫌は悪くなかったです。夜には陽ちゃんも帰ってきて、シロちゃんと三人で寝てましたから」

ねー、淡雪ちゃん、と伽羅はおんぶ紐で背負っている淡雪を振り返り、声をかける。

淡雪は片手に持ったでんでん太鼓を回し、デンデン、と音を鳴らして返事をした。

「もうちょっと、休んでてください。ご飯の準備しちゃうんで。そのあとで、詳しく話聞かせてもらいます」

伽羅はそう言うと立ち上がり、昼食の準備をしに台所——といっても、古い流し台がある程度だ——へと向かった。

8

『――って感じで、反魂の一件と絡んでそうな感じはあります』

水晶玉の向こうで伽羅は真面目な顔で伝えてきた。

「分かったでおじゃる。……そなたもまだ回復途中であるゆえ、無理をさせたくはないが、橡殿と協力して、探ってほしいでおじゃる」

白狐が返すと、

『承知いたしました』

「じゃが、深追いはするな」

『はい』

神妙な面持ちで伽羅は返し、白狐はそれに頷いて通信球を切った。

そして一呼吸置き、

「はぁぁぁ……」

盛大にため息をついた。

「白狐、うるさい」

通信球の画角の外でやりとりを聞いていた黒曜が突っ込む。

一昨日、こちらで起きた件で伽羅から緊急の報告がある、ということで白狐は黒曜にも聞いてもらうため、部屋に招いていたのだが、

「俺がいると分かると、あいつは緊張するだろう」

黒曜はそう言って、画角の外で報告を聞いていたのだ。

「ため息もつきたくなるでおじゃる……そなたも聞いていただろう」

「ああ」

黒曜も険しい表情を浮かべる。

伽羅からの連絡は、橡が何者かに襲われたというものだった。

先代が他の神族から奪取した土地が複数あり、そのうちの一ヶ所の気配が乱れて、その影響か、それとも別の事情かは分からないが動物たちが消えていったらしい。

その理由を探るために橡は調査に向かった。

だが、気配の乱れの理由が、自分の土地側にあるのではなく、隣り合う神族の領地から流れ込んでくる気配によるものだと気づいた橡は、そちらに向かった。

その領地にあった集落も、すでになくなっていて、祀る者を失った神は力を減退させつつはあったが、日のあたる斜面が多いこともあり、自然の気は豊かで、力が減退しているといっても問題になるほどではなかったはずだった。

だが、領地の境を越えた橡が感じたのは、濃い負の気配だった。

土地神に何かあったのは明白で、その祠へと向かう途中、橡は何者かに襲われた。降りしきる雨と、濃い靄で正体ははっきりとはしなかったらしい。

だが、蜘蛛のような形と、明らかな人の腕が複数あったのは確認できた。

応戦していたが、その蜘蛛が複数いると気づいた時には、囲まれて――離脱を図ったが退避途中で深手を負い、なんとか自領へと向かったものの、途中からの意識はない、というのが伽羅の報告だった。

「連中の仕業だと思うでおじゃるか？」

白狐が黒曜に問う。

「……断定はできん。だが、その線で考えるのが妥当だろう。橡の隣接領地は調査したわけではないが、俺が伽羅のところにいた時には問題のある場所じゃなかった」

野狐化する稲荷を処分するために飛び回っている最中、黒曜は油断を衝かれて怪我をし、伽羅のもとにしばらく厄介になっていた。

その時に自衛を兼ねてさらりと周囲を探ったが、その頃は、少なくとも何も引っかからなかった。

「それが、ここしばらくで急激な変化があったというなら、外的要因によるものだろう」

「そうでおじゃるな……」

白狐は言ってから再び、はぁぁぁぁ、と大きなため息をついた。

「問題ばかりが噴出するでおじゃる……。朱華と茅萱は、また庭を潰したでおじゃるし、玉響殿

は、なぜ秋の波を止めなかったとひざ詰め談判してくるし……！　玉響殿とて、秋の波を止めら
れぬでおじゃる！　我は悪くないでおじゃる！」

このところの様々なプレッシャーから白狐は逆ギレした。

「玉響が、秋の波絡みでブチ切れるのは、珍しいことじゃないだろう。朱華と茅萱がやらかすの
も珍しいことじゃない。落ち着け、白狐」

黒曜が言うのに、白狐は深呼吸をする。

「重なって起きるから、嫌なのじゃ。術部に依頼している件も、止まっておるし。……そのうえ、
橡殿の身にまで害が及んだとなれば、似たような件が散発するのは目に見えておじゃる。手を打
たねばならぬ」

そう言った白狐に、

「どうする」

黒曜は続きを促す。

白狐はしばし間を置き、

「……文《ふみ》を書くでおじゃる。――不知火に」

覚悟を決めた。

◆◇◆

予定外の問題が山積していても、白狐が日々こなさねばならない仕事が減るわけではない。

仕事をこなし、白狐は疲れた足取りで廊下を私室へと向かっていた。

伽羅からの緊急連絡を受けたのは昼前。

そのあとすぐに不知火に文を送ったが、不知火がいつそれを受け取るかは白狐にも分からない。

何しろ不知火が、今どこに居を構えているのか分からないのだ。

それゆえに本人に直接文を送る方法を取ったのだが、いつ受け取る気持ちになるかも分からない。

自身の研究に興が乗っていれば、すべてのことを後回しにしてそちらに全精力を傾けるため、年単位で文を放置、ということも珍しくない。

術部にいた頃は、それで書類を放置することはざらで、不知火付きの文官が不知火の寝ている間に本人の手だけを借りて、肉球、または指紋で捺印して書類を処理していたほどである。

——できるだけ、早く開封してもらえるように、文に呪は乗せておいたが……。

それも、不知火の心をどこまで動かすかは分からないのだ。

文を受け取ったとして、こちらの要請に応じてくれるかどうかは、不知火の気持ち次第としか言えなかった。

何しろ、本宮の様々な制約が嫌で出奔したのだ。

そこに一時的にでも戻ってくるかどうか。

もちろん、仮に不知火が来たからといって、問題が片づくとも思っていない。

しかし、術関連については完全な膠着状態に入っている。

不知火が来ることで、何か変化が起きれば進む可能性があるのだ。

——とにかく、我が打てる手は、躊躇せず打っていくでおじゃる。

白狐はそう思いながら、私室の戸を開け、中に入った。

灯りを点けようかと思ったが、庭に面した明かり障子が、月の光を受けて白く発光したように美しく、室内はその光で、明るくはないもののうすぼんやりとしていた。

——もう眠るだけでおじゃるしな……。

灯りを点ければ、あれこれ確認しておきたいことができてしまう。

そうすれば、また眠るのが遅くなるだろう。

少なくとも近々にすませねばならない書類はなかった。

白狐はすぐに寝てしまうことにして、自分の寝台へと向かった。

そして、寝台に上がり、丸くなろうとした時、何かが、寝台の上にあるのに気づいた。

「……何…」

何者、と誰何《すいか》しようとした時、白狐の耳にある声が届いた。

「やっほー、来ちゃった♡」

「ぎゃぁぁぁぁぁぁぁぁぁぁ！」

深夜と言って差し支えのない時刻、本宮に白狐の悲鳴がこだました。

おわり

おかえりなさい

CROSS NOVELS

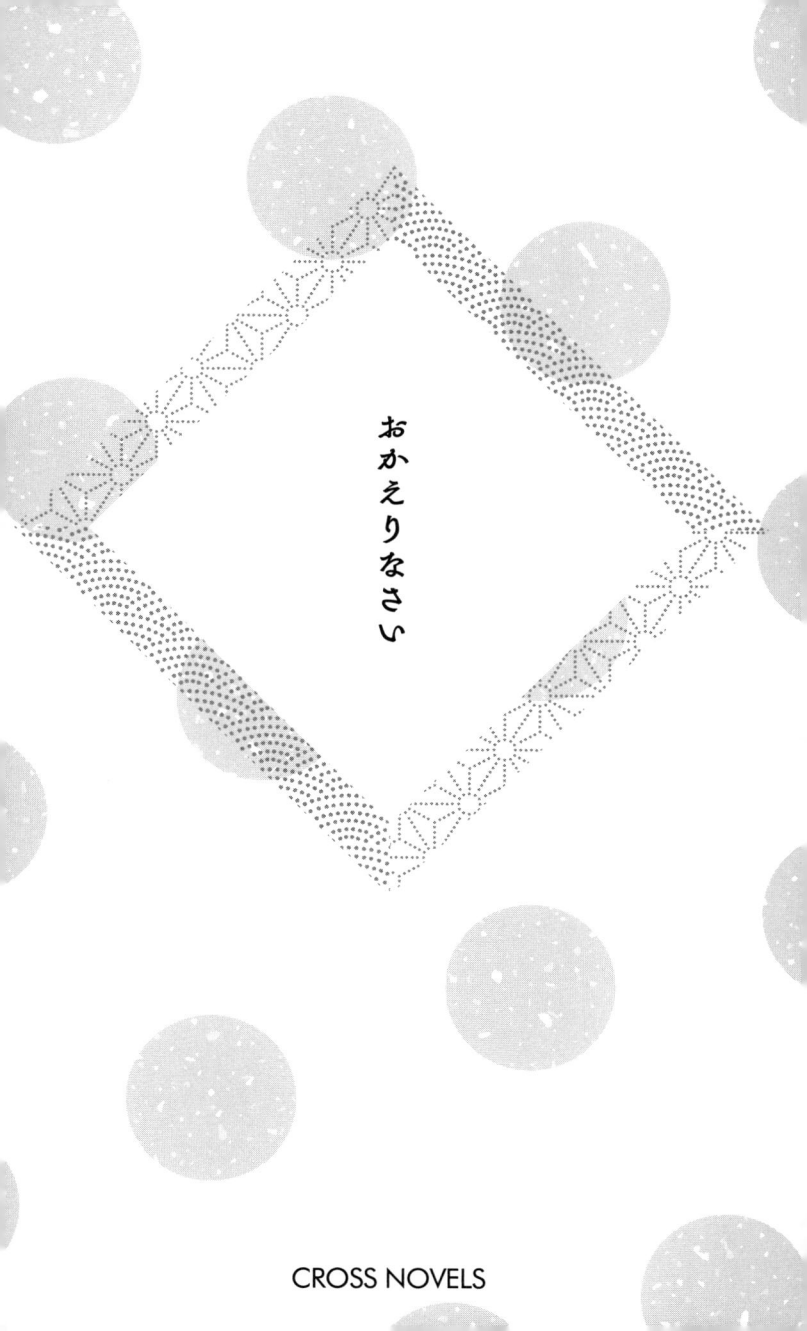

1

傘《かさ》に落ちる雨粒の音を聞きながら、陽《はる》は今日も今日とて、集落の散歩を楽しんでいた。

雨の日はジメジメして、出かけると傘を差さなくてはいけないし、濡れることもあるし、面倒だ、と集落の大人たちはよく言うが、陽は、雨の日も結構好きだ。

理由は傘を叩く雨粒の音が好きなのと、長靴で水たまりに足を突っ込むのが楽しいからだ。

それに、雨の日にしか、長靴も、傘も、レインポンチョも使えないからである。

今日、差しているのは大好きなモンスーンの傘で、内側と外側ではイラストが違う。

外側は雨の降る中をモンスーンとシクローンが仲良く飛んでいて、雨粒の精の水玉ちゃんたちが輪になって踊っている楽しいものだ。

内側はカラフルな虹の滑り台を、モンスーンとシクローンが滑っていて、笑顔の太陽と青い空白い雲が描かれていて、雨降りの日でも傘の下はお天気で、差しているとウキウキしてくる。

長靴ももちろんモンスーンで、両サイドにモンスーンと水玉ちゃんが描かれている。

去年、ショッピングモールの子供用品店で、いかにも「お揃いで使って！」というふうに、傘と長靴が陳列されていたのだ。

それをモンスーン好きの陽が見逃すはずがなかったが、傘も、長靴もノーブランドのものを持っていて、壊れたわけでもなかったので、買ってほしいとは言えなかったし、陽自身、すでに持っているものを欲しがるのはあまりよくないことだという認識だった。

でも、大好きなモンスーンだったので、眺めているだけで楽しくて、陽はずっと見ていた。

それに涼聖《りょうせい》が気づいて、買ってくれたのだ。

もちろん、琥珀《こはく》は止めた。

陽はもう、別の傘と長靴を持っているから、と。

陽も、だからいいよ、と言った。

見ていたら楽しいから見てるだけだと、そう言って。

しかし涼聖は、

「見てて楽しいものは、使っても楽しいだろう。陽はこれを買っても、前から持ってるものも大事にするだろう？」

と、聞いた。

陽は自分がそうできているという自覚はなかった。

というか、そんなことを意識したこともなかったのだ。

首を傾げていると、涼聖は笑った。

「俺は、陽がちゃんと大事にしてると思ってる。今持ってる傘と長靴も、壊れて使えなくなったり、穴が開いて履《は》けなくなるまで使うだろう？」

それは、陽にとっては当然のことだったので頷く。

「だったら、買おう」

涼聖が言うのに、陽は少し迷って、琥珀を見る。

モンスーンの傘と長靴を買ってもらえるのは、嬉しい。

けれど、本当にいいのかどうか、分からなかったのだ。

陽の視線に琥珀は微笑んで頷き、モンスーンの傘と長靴を買ってもらったのだ。

そして、初めて使った雨の日に、伽羅《きゃら》が写真を撮ってくれて、その写真を成沢《なりさわ》に送ったところ、

『こんなものを見つけたよ。陽くん、着てくれるかな？』

と、プレゼントとしてやってきたのが、都市部の限られたモンスーングッズの専門店でだけ取り扱いされていたレインポンチョだった。

裾とフード周りをぐるりとキャラクターが囲んでいて、とても可愛かった。

こうして雨の日フル装備が揃ったのである。

とはいえ、毎回、モンスーンのレイングッズを使うわけではない。

交互に、というわけでもないが、その日の気分で、傘は以前のもので、長靴だけモンスーンだとか、その逆だったり、以前のものだけを使うこともある。

レインポンチョは、風の強い日には使うけれど、そうじゃない日には使わない。

理由は、普通の雨なら傘で充分だからである。

今日は少し風が強くて、傘だけだと服が濡れてしまいそうだったのでレインポンチョも着てきた。

それに合わせて、モンスーン尽くしにした。

――きょうは、どこへいこうかな……。

雨の日は、危ないので川には近づかないこと、と琥珀たちと約束しているので、ルート的には山側になる。

――きょうは、あめだから、はたけのくさむしりも、たぶんしないし……。

山側のルートの途中には、枝豆を植えてある畑がある。

枝豆ができたら、秀人《ひでと》の父親の正也《まさや》に送る約束をしているので、陽は草むしりの手伝いを頑張っていた。

――でも、どれだけおおきくなったかみにいこうかな……。

そんなことを考えながら歩いていると、ふっと陽の目に、紫色が飛び込んできた。

それは、園部《そのべ》の家の塀の上から顔を覗かせている紫陽花《あじさい》だった。

去年は、一緒に紫陽花の花を見ながらカタツムリを探したりしたのを思い出す。

そう思うと、もう園部がいない、ということがやはり寂しくて、陽の胸がしくしく痛み、鼻の奥が少しツンとした。

だが、陽が園部の家まで近づくと、いつもは閉まっている玄関の扉が開いているのが見えた。

――だれか、いる？

鍵を預かっているご近所さんが、時々、空気の入れ換えに来ているのは知っている。けれど雨の日に空気の入れ換えもないだろうと思うのだ。

陽は不思議に思いながら玄関へと向かった。

すると三和土《たたき》のところには、スニーカーが置いてあり、それに陽は見覚えがあった。

「こんにちはー。ひでとくん、きてるの？」

スニーカーから見当をつけ、名前を呼ぶと、奥の部屋から秀人が顔を見せた。

「あ、陽くん。こんにちは」

「こんにちは。ひでとくん、なにしてるの？」

「雨漏りしてるところがないか、見に来たんだよ」

「あまもり……」

「うん。雨の日しか、確認できないからね」

秀人がそう返した時、

「雨どい、やっぱ交換したほうがいいっスね」

そう言いながら孝太《こうた》が玄関に入ってきて、陽にすぐ気づいた。

「あ、陽ちゃんがいるー。こんにちはっス」

「こうたくん、こんにちは。こうたくんも、あまもり、みにきたの？」

陽が問うと、

「そうっス。あと、雨どいの調子を見に」

孝太はそう答えてから、

「園部のおばあちゃんの親戚の人に、いろいろ落ち着いたら集落のレンタル物件として管理させてもらえないかってお願いしてたんスよ。それでＯＫが出たんで、修理の必要なところがないか確認しにきたんス」

と説明を加える。

「おばあちゃんのおうちも、だれかにかすの？」

そう聞いた陽の顔からは、少し気が進まない、といった様子が見えた。

「決定じゃないっスよ」

孝太はすぐに言い、

「人が住まなくなると、傷むのが早くなっちゃうからね。貸すかどうかは別として、定期的な点検をさせてもらいたいから、そういう名目で管理を任せてもらえるようにしたんだ」

秀人も付け足す。

「そうなんだ」

「そうなんス」

納得した様子の陽に、孝太もほぼリピートで返す。

「おうち、だいじょうぶそう？」

「天井裏にはまだ入ってないんスけど、雨漏りするなら、昨日からの雨で家の中まで入ってきてると思うんで、大丈夫だと思うんスよ。でも、雨どいはひびが入って水漏れしてるところがあるんで交換したほうがいいっス」

孝太は丁寧に説明する。

「あまどいは、きょう、なおすの？」

「ううん。交換は晴れた日にするっスよー」

「じゃあ、そのとき、ボクもおてつだいするね！」

陽が笑顔で言うと、孝太も笑顔になり、

「陽ちゃんが手伝ってくれるの、マジ助かるっス！」

そう言って、グーにした拳を陽へと差し出す。

それに陽もグーを作って、孝太の手にちょん、と合わせた。

「陽くんは、お散歩の途中？」

兄弟のような二人の様子を微笑ましく見つつ、秀人が問う。

「うん。きょうは、あめふりだから、かわのほうにはいかないの。やまのほうにいくよ」

「そうだね、川は水が増えてて、危ないからね。陽くんは賢いね」

秀人がそう言って陽の頭を撫《な》で、陽は照れたように笑った。

「ひでとくんと、こうたくんは、まだおうちのあまもり、みるの？」

「もう少しだけ見てから、俺は明日予約入ってる家の点検に行くよ」

「俺も、もう少ししたら作業場に戻るっス」

このあとの予定は、二人バラバラらしい。

「じゃあ、ボク、おさんぽいってくるね！」

陽はそう言うと二人に手を振り、再び傘を差す。

「あ、陽ちゃん、今日はモンスーン尽くしっスね」

孝太が、モンスーン三点セットに気づいて声をかける。

「うん！」

陽は笑顔を見せると、そこでくるりと一回転してみせる。

「あ、待って待って、動画撮るっス！」

孝太はすぐに携帯電話を取り出し、動画撮影の準備をする。

「じゃあ、もう一回クルッて」

孝太のリクエストに応えて、陽は、もう一度、くるっと一回転してみせた。

「ＯＫ、撮れた！　じゃあ、陽ちゃん、気をつけて行ってらっしゃい」

送り出す孝太の声に、陽は笑顔で手を振って、散歩に戻っていった。

それを見送った孝太と秀人は、

「陽くん、この家を誰かに貸すのは嫌みたいだね」

「そりゃそうっスよね。まだまだおばあちゃんの思い出が濃いっスし。俺も、ちょっと割り切れないっス」

そう話し合う。

今、レンタルや売り物件（レンタルも可）にしている家は、孝太が集落に来た時にはすでに無人になっていた家ばかりだ。

住んでいた人を知らないので「物」として見ることができた。

だが、この家は違う。

『園部』がどんな人で、どんなふうに暮らしていたかを知っている。

晴れた日には縁側に座って、近所の人たちと話していたとか、どんな声で笑ったりしていたのかを知っているから、どうしてもそこにすぐ誰かを、とは思えなかった。

「とはいえ、必要になる修理をしてってとこを考えると、管理だけしてくってわけにもいかないっスしね」

「ライフラインを生かしたままにしてあるから、基本料金がかかってくるしね」

週末や連休を中心に、レンタルハウスの稼働率はそこそこいい。

最初の修理に関《せき》が持ち出ししてくれた費用も、少しずつ返すことができている。

とはいえ、いつまでこの調子でいけるかは分からない。

もちろん、ゴリゴリの営利目的ではないので、なんとか経費が回せるくらいでいいのだが、それが確定ではないのだ。

「やっぱ、思い出のあるものって、踏ん切りつけんの大変っスよね。……終活って言葉、あるっスけど、ちょっとリアルに感じてきたっス」

その言葉に秀人は頷き、話し出した。

「俺、親のとこを飛び出す時に、いろいろものを捨てたんだけど……」

秀人は就職してから、どうにもならない閉塞感に悩まされて、ドロップアウトし、親元を飛び出して祖父である後藤《ごとう》のいるこの集落へとやってきた。

その時に持ってきたのは、旅行カバン一つだけだ。

「家を出るってこと事態、気づかれちゃダメだったから、いろいろ大っぴらには捨てられなくて、捨てる基準は家を出たあと、親に家探しされた時に見られても問題ないか、だったよ」

「あー……」

「日記、手帳、パソコンのデータ、そのあたり中心」

と言う秀人に、

「エロ系とかはないんスか？」

孝太は妙な食いつき方をしてきた。

「なかったわけじゃないけど……そういうの、ほとんどデジタルデータだから、他の記録媒体に落として本体のは削除ですんだから」

「現物持たない主義なんスね？」

「かさばるしね」

「俺もそうしようかなぁ……、動画はＤＬ《ダウンロード》でいいんスけど、グラビア系は紙で見る手軽さがあるんスよね」

悩む孝太に、

「でも、この前それで、困ってなかったっけ？　陽ちゃんと部屋で遊ぶ約束してて……」

秀人は少し前に孝太から聞いた、笑い話ですむミスを思い出した。

「あれは、ちょっと焦ったっス」

その日、前々から孝太は陽と部屋で遊ぶ約束をしていた。

実家から持ってきた古いテレビゲームをしようと話していたのだ。

だが、秀人は部屋の片づけをせずその日を迎えてしまい、陽の目に触れさせてはいけない数々のものが部屋に鎮座しており、それを陽の手の届かない場所に置き直すのに、ものすごく慌てることになった。

「やっぱ、終活を見据えて、陽ちゃん基準に照らしていろいろ考えるっス」

神妙な顔をする孝太に、

「終活っていうのは、早すぎる気がするけど、陽くんが基準っていうのが、分かりやすくていいよね」

苦笑しつつも秀人も納得したのだった。

◆◇◆

例年より、少し長かった梅雨が明け、数日晴れが続いたその日、陽は孝太と一緒に園部の家へ来ていた。

雨どいの修理の手伝いに来たのである。

もっとも、手伝いといっても陽にできることはあまりなくて、基本、見守るのみだ。

孝太的には一人で黙々と作業をすることも慣れているので、特に寂しいと思わないわけだが、しゃべり相手がいるなら、そのほうが楽しい。

その相手が陽であれば尚のことだ。

「今年は、ザリガニを網で捕まえるんじゃなくて、魚みたいに釣り竿で捕まえようと思うんスけど、どうっスか?」

「ザリガニさん、それでつかまえられるの?」

脚立の上に乗って、雨どいを取り替える孝太を見上げ、陽が問う。

「捕まえられるっスよ。師匠の酒のつまみのスルメを拝借して、それを糸で括りつけてザリガニがハサミで挟んでくるの待つんス」

「スルメでつかまえるの？」

「俺はそれを餌にするのが多かったっスね。手に入りやすいし。ザリガニがしっかりスルメを挟んだら、引き上げてゲットっスよ」

孝太の説明に、陽は目をキラキラさせた。

「やってみたい！」

「じゃあ、今年はザリガニ釣り決定っス。他に何したいっスか？　カブトムシとクワガタ取りに行くのは当然として、小学校でキャンプと、天体観測もやるっスよね？」

「うん！　あとね、はなび！」

「もちろんっス」

夏の思い出作りの計画を二人は楽し気に始める。

「あ、そうだ。秀人くんにも声かけようと思うんスけど、陽ちゃん、いいっスか？」

秀人が集落に来たのは秋の終わりというか、冬の初めというか、そのあたりで、去年の夏にはまだいなかった。

なので、この夏は秀人が集落で過ごす初めての夏なのだ。

いや、子供の頃には来ているかもしれないが、陽と孝太にとっては秀人がいる初めての夏である。

「うん！　さんにんであそぼ！」

陽が否を言うわけがなく、秀人を誘うことが、本人の知らないうちにあっさりと決定する。

そのあとも二人でキャッキャと楽しい計画を立てていると、

「あらぁ、楽しそうな声がすると思ったら陽ちゃんと孝太くん」

近所に住む永井《ながい》のおばあちゃんが声をかけてきた。

「おばあちゃん、こんにちは」

「こんにちはっス！」

陽と孝太が挨拶をすると、永井は笑顔を見せ近づいてきた。

「修理しとるん？」

「そうなんス。雨どいにひびが入ってて、雨の日に漏れてたんで」

「じゃあ、ここも、誰かに貸したりすることになるん？」

住人のいなくなった家を修理する理由は、そう多くない。

集落で行っているレンタルハウスを考えると、そこに考えが至るのは難しいことではなかった。

「うーん、今のとこなんともって感じっス。雨どい壊れて、家の壁にガンガン雨が当たったりすると、そのまま家の土台にまで水が来ちゃって、そっから腐食しちゃたりもするんで、そうなると何かの時に近所に被害出る可能性があるんス」

そもそも、集落の空き家をレンタルすることになった発端も、侵入者が出るかもしれないので不用心だというのと、傷んだ空き家が倒壊したりして、近隣住民に被害を及ぼすかもしれない、という二つの懸念があったからだ。

「だから、貸すかどうか別にして、問題ないように管理するってことになったんス」

「あら、そうなんねえ」

孝太の説明に永井は少しほっとしたような顔をする。

「そうなんス。レンタルに回すなら、リフォームも必要な場所も出てくるし、今は管理してるレンタルハウスで充分回ってるんで」

繁忙期にはレンタルしている家のすべてに客がいることはあるが、それはシーズンを通してわずかの間のことだ。

大抵は空きがあるし、稼働率から考えても、しばらくは現状の数で行こう、というのが秀人と孝太が二人で出した答えだ。

「まだまだ、園部のおばあちゃんがいるみたいじゃもんねぇ」

永井の言葉は、おそらく集落の多くの人の感想だろう。

ふとした時に「もう、いないのだ」と思いだす。

その寂しさが、まだ、生々しい。

「でも、あっという間に初盆《はつぼん》じゃわ……」

永井が続けた言葉に、陽は首を傾げた。

「はつぼん？」

「そう、初盆。陽ちゃん、お盆は知っとるじゃろ？」

そう聞かれて、陽は頷く。

「きゅうりと、なすびで、うまと、うしさんをつくるやつでしょ？」

「そう、それ。ご先祖様とか、亡くなった人が帰ってくるのがお盆。園部のおばあちゃんが、初めて迎えるお盆じゃから、初盆、ていうんよ」

永井の言葉に陽は目を見開いた。

「そのべのおばあちゃん、かえってくるの？」

「お仏壇もお位牌も、まだ家にあるし、帰ってくるのはここじゃろうね。目には見えんかもしれんけどねぇ」

菩提寺に位牌を預けて供養《くよう》してもらうことは決まっているが、すぐに、とは誰も思わなかった。せめて一周忌が終わるまでは、というのが集落の住民の中で一番多い意見だろう。

だから、園部の家をレンタルするという話がまた持ち上がるとしても、そのあたりのことが全部終わってからになるだろう。

今のところ、その予定はないが。

「そっか、初盆かぁ……」

脚立の上で孝太は感慨深げに呟くと、

「園部のおばあちゃんの初めてのお盆なんスから、ここは盛大にやりたいっスよね！」

親指を立てて、何ならウィンクも飛ばして、陽に言う。

陽は「盛大に」「お盆をする」の具体的なことは一切分からないのだが、孝太が楽しそうに言うので、

「うん！」

と、笑顔で返事をした。

2

『園部のおばあちゃんの初めてのお盆プロジェクト』

と、大きく書かれた紙を、陽と孝太、そして秀人の三人が囲む。

場所は佐々木《ささき》の家の裏庭、大人のツリーハウス下の日陰である。

そこに孝太が作った組み立て式のテーブルとイスを出し、三人で作戦会議中なのだ。

「やっぱり、一生に一度限りの『初めてのお盆』だから、特別にしたいんスよ」

孝太が言うのに、陽も頷く。

「うん、とくべつがいい！」

その二人に対し秀人は、

「特別っていっても、お盆にすることって、そんなにないよね？　初盆でも、することがそう大きく変わるってわけでもないみたいだし……」

携帯電話で初盆について調べながら言う。

「お迎えの提灯、特別に白いのを出すみたいっスけどね」

「それは……作れないってわけじゃないだろうけど、買うほうがいいのかな。でも、初盆にしか使わないみたいだよね。そのあとは処分するのか……」

「提灯だけなら百均にあると思うんで、それを障子紙で張り直して作るってのはありだと思うんス。買うのは最終手段で。あと、精霊棚は端材で作れるっス」

ある程度孝太の中では目安が立っているのだろう。

「あとは飾りつけだよね。きゅうりとなすびの馬と牛……」

「そこが一番の腕の見せ所だと思うんスよ。めちゃくちゃ形のいいきゅうりとなすびの調達は陽ちゃんに任せたいっス」

孝太はそう言って陽を見る。

「ボク？」

突然話を振られて、陽は戸惑う。

園部の初盆を特別なものにしたいという気持ちはあるが、何をすればいいのかは、実は分からなかった。

ただ、やることが決まったら一生懸命するつもりだったので、やることを与えられたのはいいのだが、きゅうりとなすびの調達、と言われて困る。

「……おかいものにいったときに、かたちのきれいなのをえらんできたらいい？」

と、問う陽に、孝太は人差し指を立てて、それを横に振った。

「ちっちっち。そうじゃないっスよ」

「そうじゃないの？」

「違うんス。目指すのは手作りでスペシャルな感じの初盆なんスよ」

孝太が言うのに、

「自らハードルを上げていくスタイル？」

秀人が少し呆れた様子で言う。

「やっぱ、買ったもので終わりって、ちょっとあれじゃないっスか。できる限り、自分たちの手でやりたいんスよ。アットホームな初盆的な？」

「言いたいことは分かるけど、なんだろう、この何か違う感」

「言いたいことが分かるならいいんスよ。だから陽ちゃんには、集落のおじいちゃんやおばあちゃんがやってる畑のお手伝いをして、そのお駄賃に形の綺麗《きれい》なきゅうりとなすびをもらう約束をしてきてほしいんス」

「おてつだいのおだちん。……うん、わかった！」

「お手伝いをしながら、形の綺麗なきゅうりとなすびに目星をつけといてください」

孝太から指令が下される。

その言葉に陽は頷く。

「おてつだい、いっぱいがんばるね」

「お願いっス。秀人くんには、祭壇を組む部屋の片づけとか、細々したことをお願いしたいんスけど、いいっスか？」

「いいよ。『細々したこと』に何が含まれるのか、怖いけど」

秀人はそんなふうに返しながらも、多分、一番やることが多いのは孝太だろうなと思う。

本人がノリノリなので、止めるつもりはないが。

「じゃあ、決まりっス。頑張るっスよー」

孝太が言うのに、陽と秀人は頷いた。

◆◇◆

陽は孝太との約束通り、畑できゅうりとなすびを育てているおじいちゃんとおばあちゃんたちのところを回り、畑のお手伝いをするかわりに、初盆の時に使うきゅうりとなすびを分けてほしい、とお願いした。

どのおじいちゃんもおばあちゃんも、

「手伝いなんぞせんでも、たんとできるから、好きに持っていけばいい」

と、言ってくれたのだが、陽は固辞した。

「えっとね、てづくりで、スペシャルなはつぼんにするんだって。だから、ちゃんとおてつだいして、それできゅうりとなすびをほしいの」

その言葉に、陽が特別な気持ちで初盆を迎えたいのだということが分かって、どの家も快く手伝いとお駄賃の件を受け入れた。

とはいえ、水やりは早朝に終えてしまうため、陽の手伝いは基本的に草むしりだ。

毎日、午前と午後に、それぞれ一、二軒ずつ草むしりの手伝いをし、孝太の要請に応じて試作するためのきゅうりとなすびをもらってくることもあった。

「こうたくーん、きゅうりとなすび、もらってきたよ！」

おやつタイムに作業場にやってきた陽は、試作用にもらってきた野菜の入った袋を持ち上げて孝太に見せながら笑顔で言う。

「陽ちゃん、ありがとうっス！　見せて見せて！」

孝太は言いながら、陽が持ってきた袋からきゅうりとなすびを取り出す。

「さっすが陽ちゃん、どれも立派っスね」

孝太が褒めると、陽は嬉しそうに笑う。

「お盆の時って、来る時は足の速い馬に乗って帰ってきて、帰る時は足の遅い牛に荷物を積んでゆっくり帰るらしいんスよ」

きゅうりとなすびを手に、孝太は説明する。

それに陽は少し考えてから、

「おうまさん、すごくおおきいでしょう？　そのべのおばあちゃん、おうまさんにのれるのかなあ？」

少し心配そうに言った。

「あー……、それは確かに！　何か考えたほうがいいっスね……」

真剣な顔をする孝太に、

「おまえさんは、本当に何でも面白がるな……」

佐々木が少し呆れたように言う。

「全力で取り組んでるって言ってくださいっスよ」

孝太は少し拗ねた口調で言う。

「こうたくんは、うまにのれるの？」

なんとなく気になって陽が聞くと、

「乗ったことはあるっスよ」

軽く答えがあった。

「そうなんだ！　どこでのったの？　はしった？　はやい？」

陽は矢継ぎ早に聞く。

「小学生の時に北海道《ほっかいどう》へ旅行に行った時、観光用の牧場で乗せてもらったんスよ。でも走らせたりとかはできなかったっスよ。手綱を引いてもらって歩いたくらいで。結構不安定っていうか、揺れるんスよね……」

　昔の記憶を引きずり出し、孝太は言う。

「やっぱり、おおきい？」

「おおきかったっスね。俺の肩くらいの高さのところに座るんス」

　孝太はそう言うと、陽の前に膝をついた。

「陽ちゃん、肩車」

　その言葉に、陽は言われるまま孝太の肩に乗る。

「ちゃんと摑まってる？」

「うん！」

「じゃあ、立つっスよ。せーの！」

　かけ声とともに孝太は立ち上がる。

「わ、たかいたかい！」

　陽ははしゃいだ声を出す。

「馬に乗ると、大体こんくらいの高さなんスよ。園部のおばあちゃん、この高さ、やっぱちょっと難しいっすよね」

　肩車で高さを実感した陽は、

「うーんとね、ボクはたのしいけど、おばあちゃんはこわいかも」

真剣な顔で言う。

「やっぱそうっスよねー」

同じく真剣な顔で返す孝太である。

そんな二人を見ながら、

――真剣に悩むことか?

胸のうちで呟く――決して言葉にはしない――佐々木だった。

◆◇◆

その日、伽羅はいつも通り家事をこなしていた。

その伽羅の携帯電話に孝太から連絡があったのは、昼食を終えてすぐのことだった。

『折り入って話したいことがあるんスけど、時間、ありますか?』

というメッセージが来て、いつでも大丈夫ですよ、と返すと、直後に今から行きます、と返事があった。

おそらく本当に、すぐに家を出たのだろう。

十分ほどで家の前の坂道を、孝太のバイクが上ってくる音が聞こえた。

「こんにちはーっス」

孝太が挨拶しながら、居間の縁側に姿を見せる。

「こんにちはー。折り入って話したいなんて、どうしたんですかー？」

伽羅は言いながら、準備していた麦茶をお盆に載せて縁側へと向かった。

自然に縁側に腰を下ろした孝太に麦茶を出すと、孝太はありがとうございます、と返して一口飲んでから、

「伽羅さんって、手先が器用じゃないっスか」

不意に切り出した。

「器用ってわけじゃないですよ？　できるようになるまで頑張るタイプってだけで」

大抵のことは人並み以上にやってしまう伽羅だが、最初からなんでもできてしまうタイプというわけではない。

確かに才能はあったが、その才能だけで本宮の様々な最年少記録を塗り替えてきたわけでもなかった。

自分が納得できるまで努力したからこそなのである。

それが「凝り性」という自分の性質となり、やってみたいと思ったことを突き詰めてしまうようになった結果として、器用などと言われることになっているだけなのだ。

「じゃあ、細かい作業とか、嫌いっスか？」

「いえ、嫌いじゃないですけど……」

だからこそ、カルトナージュを習ってみたり、シロの部屋に置くミニチュアグッズの数々を作ったりしているのだ。

伽羅の「嫌いじゃない」という返事に孝太は少しほっとしたような顔を見せると、

「フルーツカービングとか、興味ないっスか？」

そう聞いてきた。

「え？　フルーツ……？」

聞き馴染みのない言葉に、伽羅は問い返す。

すると孝太は携帯電話を操作し、とある一枚の画像を提示した。

「こういうやつなんスけど……」

その画像を見て伽羅は目を見開いた。

「うっわ……え、なんですか？　これ、すごいですね。芸術じゃないですかー！」

「伽羅さんならできないかと思って」

「いや、できないっていうか、いきなりこれは無理ですけど、え、でもちょっとやってみたい気はします……」

表示される画像へ目をくぎ付けにしながら、伽羅は言う。

「あ、じゃあ頼みたいことがあるんス！」

伽羅の「やってみたい」という言葉に、孝太は目を輝かせ、伽羅はその孝太の反応に、

――あー、まんまとハマっちゃいましたね、これ！

そう思わざるを得なかったのだった。

3

集落のお盆は八月の十三日から十五日までの三日間だ。

お盆が始まる前日の十二日、昼食後に陽は秀人と一緒に園部の家に行き、掃除機をかけたり、拭き掃除をしたり、園部を迎えるための準備に勤しんだ。

「ここに、しょうりょうだなをつくるの？」

仏間の畳を綺麗に拭き終え、孝太が作製した三段の組み立て式の精霊棚を運び込みながら、陽は秀人に問う。

「うん、そうだよ。そこの襖を開けて、隣の部屋の掃き出し窓のところに、白い提灯を下げて目印にするつもり」

秀人はセッティングの説明をする。

提灯は、手ごろなものがなかったので、結局膨らませた風船に、細かくちぎって水ノリに浸した障子紙を貼り付けていって乾かし、完全に乾いたところで風船を割って丸い形の提灯に仕立て上げた。

中には百均で調達したＬＥＤライトを入れて出来上がりである。

「まさか本当に提灯を作っちゃうとは思わなかったね」

百円均一に思ったようなものがなかったので、仏具店で買おうかと秀人は提案したのだが、孝太は一つ試してみたいことがある、と言って作ったのがそれだった。

作業自体は単純で、陽にも手伝えるものだったため、最初の手ほどきだけを孝太がして、あとは陽が作業をした。

「こうたくん、しょうがっこうのときのこうさくで、これでランプシェードをつくったっていってたよ」

確かに、秀人も作業を見て、小学校の時に似たような手順で張り子細工を作ったなと思いだしたが、作業を見るまではそんなことは記憶のかなたに消えていた。

それをしっかり覚えていて、提灯作りに活かしてしまうところはさすがに物作りをしている人だなと感心した。

「孝太くんは本当にすごいね」

秀人が言うと、陽は頷いてから、

「でも、ひでとくんも、すごいよ。むずかしいしょるいとか、むずかしいけいさんとか、あっというまにしちゃうし、おうちをかりにきた、がいこくのひとと、がいこくのことばでおはなししてたでしょう?」

秀人のことも、褒めてくる。

集落のレンタルハウスは、英語などでの説明をしていないにもかかわらず、稀に外国人客が申し込んでくることがある。

観光客ではなく、日本在住の外国人らしく、ある程度の日本語なら読むことも話すこともできる様子なのだが、英語のほうが通じやすい時には英語で話をすることがある。

おそらく陽はそれを見ていたのだろう。

秀人がどう返していいか分からずにいると、

「こうたくんも、ひでとくんも、おんなじくらい、すごいから、ボクもいっぱいがんばる」

にこにこして言って話をまとめた。

それに秀人は微笑んで陽の頭を撫でた。


おやつ時までに園部の家での前日準備を予定通り——準備の漏れがないように予定を組んだのは秀人である——に終えた陽と秀人は、一緒に佐々木の作業場に向かった。

そこでおやつを食べながら、明日の確認をして、秀人はレンタルハウスの仕事に戻る。

何しろお盆休みということもあって、ここしばらくは思ったとおり、すべての家の予定が埋まっているのだ。

そして、陽はおやつのあと、孝太と一緒に精霊馬のための野菜をもらいに、陽がお手伝いをしている家々に向かった。

陽は『園部のおばあちゃんの初めてのお盆プロジェクト』が決まってからの三週間足らず、診療所があって集落に下りてきている日は、毎日欠かさず、秀人が作ってくれたルーティーン通りに各畑の手伝いをしていた。

手伝いをしながら、各畑で「一番形がよくて、色が綺麗な」きゅうりとなすびの目星をつけていたのだ。

「おじいちゃん、おばあちゃん、おやさい、もらいにきましたー」

陽が声をかけると、誰もが笑顔で二つ返事だ。

当初はきゅうりとなすびをもらうだけだったのだが、予定がいろいろと変更になり、それ以外の野菜ももらうことになった。

「じゃあ、陽ちゃん、きゅうりとなすびをお願いするっス。俺はズッキーニ見てくるんで」

「うん！」

二手に分かれ、欲しい野菜をゲットしていく。

こうして、ただ精霊馬を作るにしては確実に多い野菜を、お手伝いをした畑でいただき、孝太はそれらすべてを受け取って作業場へと戻った。

「明日、楽しみにしててくださいね。とにかくスペシャルな精霊馬作るんで！」

孝太はそう言って診療所の前で陽と別れた。

どんな精霊馬を作るのかは、陽にも知らされておらず、当日のサプライズらしいのだ。

「たのしみ……」

スペシャルな精霊馬がどんなものなのか分からなくて、陽は明日が楽しみで仕方がなかった。

◆◇◆

翌日、午後三時過ぎ。

全員、園部の家に現地集合することになった。

陽が到着すると、すでに秀人が来ていて、昨日組んでおいた祭壇に位牌や遺影などをならべ替えていた。

それ以外にも長い階段のついた小さな社——これも孝太の手作りだ——、干菓子に季節の野菜などお供え物がならべられる。

しばらくすると孝太と、それからなぜか伽羅も一緒にやってきた。

二人とも、手には発泡スチロールの箱を持っている。

「伽羅さん、どうして?」

伽羅が来るという話は聞いていなかったので、陽が不思議そうに聞く。

「伽羅さんにもお手伝いしてもらってたんスよー」

と言う孝太の言葉に、伽羅は頷き、

「サプライズゲストです」

にっこり笑う。

「本当にサプライズですね」

秀人も聞かされていなかったらしく、少し驚いた顔をして、陽と顔を見合わせた。

「祭壇、ちゃんと組んでくれてるんスね」

祭壇を確認して言う孝太に、

「うん、あとは、しょうりょううまだけだよ」

陽はワクワクした視線で孝太が持っている発泡スチロールの箱を見る。

そこに「スペシャルな精霊馬」が入っているのは明らかなのだ。

「陽ちゃん、気になるっスか？」

「うん！　きになるー！」

「じゃあ、開けるっスね」

そう言うと孝太は発泡スチロールの箱を畳の上に置いた。

「出でよ、我が精霊馬！」

演技がかった様子で言い、孝太は箱の蓋を開けた。

そして、そこに入っていた精霊馬を覗き込んだ陽と秀人は同時に、

「「わあ……！」」

と声を上げた。

「すごーい！　たくさんある！」

「翼もついてる……これ、ペガサス？」

驚いている二人の様子に満足しながら、孝太は一頭ずつ、精霊馬を取り出した。

「そう、ペガサスっスよ」

一頭のペガサスを作るのに約三本のきゅうりを消費し、合計四頭。

都合十二本のきゅうりを使った力作である。

「あと、こっちは牛っス」

なすびで作られた牛は水牛のように立派な角があった。ちなみに角はズッキーニで作られている。

「……なんていうか、本当にすごいよね」

その秀人の言葉に陽も頷く。

「うん、すごい！」

だが、そんな二人の反応に、

「これだけじゃないんスよ。ねー、伽羅さん」

孝太はにっこり笑って伽羅を見る。

「まあ、俺もちょっと頑張ってみました」

伽羅はそう言うと、自分が持ってきた箱を開く。

そして取りだされたそれは
「あ……ばしゃだ！　スイカのばしゃ！」

レンコンの車輪を付けられた、二分の一カットのスイカの馬車だった。

だが、ただ車輪を付けられただけではない。

車体には蓮が彫刻されていた。

外皮が薄く剝がれ緑色になった部分に、彫刻を施すことで果肉の赤が透けて見えるその様子は本当に美しかった。

「うわ…ちゃんと中も座れるように段差つけてある」

中を覗き込んだ秀人がそれに気づいた。

「そうなんですよー。これで園部のおばあちゃんも馬車に座ってきてもらえるんですよー」

伽羅のその言葉に、陽は、以前、馬は大きいから園部が乗るのは大変じゃないかと孝太に話したのを思い出した。

「こうたくん、おばあちゃんがおうまさんにのるのむずかしいかもっていったの、おぼえててくれたの？」

「そうっスよ。ていうか、陽ちゃんの気遣いにはっとしたんス。それで何とかしなきゃって思って、女の人だから馬車に乗ってもらったらいいんじゃないかと思ったんス」

「カボチャの馬車にならなかったのは、夏だから？」

秀人が問うと、

「それもあるんスけど、カボチャの皮って硬いじゃないっすか。それならスイカのほうが作りやすそうだったのと、集落で間引きされてたスイカのサイズが丁度よくて、あといっぱいもらえるから練習に丁度いいなーって」

集落ではスイカを作る家も多い。だがたくさんできても、食べきれないので途中で間引くことも多いのだ。

それを目にした孝太は、スイカで馬車を作ることに思い至ったのだが、

「でも、時間的に俺が馬も馬車も作るのって難しかったんで、こういうのに興味ありそうな伽羅さんにお手伝い頼んだんス」

と、伽羅に頼んだ経緯を話した。

「画像を見せてもらったら、すごくて。それで興味が出ちゃったんですよねー。カービングナイフもすぐに取り寄せて、昼間に動画見ていろいろ練習しました」

間引きされたスイカはもちろん、それこそ、煮物に使うカボチャ、なすびなども練習台になった。

ちなみに練習に使ったスイカは漬物にされ、すでに香坂《こうさか》家でも食卓に上がっているし、佐々木

家にもおすそ分けされていた。

こうして凝り性なところを存分に発揮した伽羅により、素晴らしい蓮の彫刻がされたスイカの馬車ができ上がったのである。

「……正直、大人の本気の無駄遣い感がえげつない」

秀人が苦笑いする。

「いいんスよ。園部のおばあちゃんの初めてのお盆なんスから、これくらいスペシャルな感じで丁度っス！　ねー、陽ちゃん」

孝太が同意を求めると、陽は笑顔で頷いた。

「うん！　ばしゃもきれいだし、おうまさんもかっこいいから、ぜったいおばあちゃんよろこんでくれるとおもう！」

「じゃあ、精霊棚に飾るっスね」

そっと崩れないように慎重にペガサスと馬車を精霊棚へとならべる。そのあとで紐を使って馬車とペガサスを連結すれば、ペガサス四頭立ての馬車のでき上がりである。

その後ろに立派な角の牛が付き従い、豪華なことこの上ない精霊馬が完成したのだった。

ほどなくして日が暮れ、白提灯の灯りをともして、玄関の門のところで苧殻《おがら》を組んで、陽は伽羅と一緒に迎え火を焚《た》いた。

煙が風にたなびくのを見て、

「このけむりで、おばあちゃん、かえってくるの？」

陽が問う。

「そうですよー。この煙が、今、おばあちゃんのいるところに届いて、帰ってくるんです」

伽羅はそう説明する。

神である伽羅だが、人を悼む気持ちに大差はない。

ただそれぞれの信仰に基づいた「形」があるだけだ。

陽と伽羅は、苧殻が燃え尽きるまで、玄関にいた。

そして二人に迎え火を任せた孝太と秀人は、台所で、冷蔵庫に冷やさせてもらっていた麦茶で一息ついていた。

「孝太くん、大活躍だったね」

「そんなことないっスよ。たまたま得意分野で、できることが多かっただけっス」

ねぎらわれて、孝太は少し照れくさそうに言う。

その様子に少し間を置いて、

「……スペシャルな初盆って、園部のおばあちゃんの供養ももちろんあるけど、陽くんのためだよね？」

秀人が、確信しているように聞いた。

それに孝太は、

「……初七日、四十九日、百箇日、初盆、一周忌……って、人が亡くなったら、立て続けにいろいろやることとあるじゃないっスか」

「うん。忙しいくらいにね」

「ゆっくり悲しむ間もないくらい、やることに押し流される形であれこれこなすしかなくて、気持ちだけ置いてけぼりで、なんでこんなに忙しいんだろって思ったことあるんス」

十六になる前に逝ってしまった同級生。

お参りに行くたびに、思い出して泣いて、つらくて。

「俺は死んだことないから、本当にそういうのが供養になってんのかどうかは分かんないっスけど……送った側に立ったら、そういう行事的なモンって、区切りつけてくために必要なんだろうなって思ったんスよ。もういないってことを、改めて確認して、泣いて、それを繰り返してちょっとずつ区切りを付けていくんだろうなって」

「確かに、そうかもしれないね」

秀人は祖母を亡くしたとはいえ、同居をしていたわけではなかったから、そういう区切りが大切になるほど、悲しかったわけではない。

だから、まだどこか、「死」は遠いものだ。

けれど、孝太は違う。

詳しく聞いたことはないが、学生の頃に同級生を交通事故で失ったということだけは知っている。

だからこそ、陽が園部の死で経験した、区切りを必要とする悲しみに寄り添えるのだろう。

「でも、やっぱしんみりとってのは悲しいだけなんで、もっと特別な感じっていうか、ハッピーっていうのとも違うんスけど、久しぶりおかえり！　みたいな感じでやりたかったんスよ。あとで思い返して、悲しいだけじゃない区切りにしたほうが絶対いいと思って」

そう言う孝太に秀人は、

「うん、いいと思う。……少なくとも、陽くんにとっては」

心から、そう思って返す。

園部の精霊馬を作るために、毎日いろんな畑を手伝いに行っていた陽は、とても楽しそうだった。

園部のためにできることがある、というのが、嬉しそうでもあった。

「いいことでしょー？　でも、師匠酷いんスよ。もっと精進して、師匠の時はこれよりすごい精霊馬作るっスねって言ったら『悪目立ちしそうだからいらん』とか言うんスよー！」

と、付け足してプンスカしている孝太に、秀人は苦笑しながら、

――孝太くん、ごめん。俺、佐々木さんの気持ち、分かる……。

心の中でそっと謝りつつ、呟いた。

伽羅はそれから間もなく、夕食の準備のために家に帰ったが、そのあと園部の家には、ご近所さんが入れ代わり立ち代わり、お参りにやってきた。

当然、一番の話題は精霊馬で、

「あらー、お姫様の馬車みたいねぇ」

「馬車じゃと、帰ってくるのも楽でええねぇ」

と女性陣はきゃっきゃしていて、

「ペガサスで飛んでこられるんなら、ついでに日本一周してあの世に帰るっていうのもアリだな」

「温泉巡りするか?」

男性陣はペガサスでドライブ旅行妄想に花を咲かせていた。

そして一通りのお参り客が帰り、そろそろ戸締まりしようかと秀人と孝太は、麦茶を飲んでいる陽を縁側に残して他の部屋へと向かっていった。

梅雨の時期に咲き誇っていた紫陽花は綺麗に剪定《せんてい》されて、もう花は残っていない。

その代わりに一人生えした朝顔が、明日には咲きそうな蕾を付けているのを、陽はぼんやりと見ていた。

その時、ふっと目の前を蛍《ほたる》が行き、それを追うと、視線の先に園部がいた。

「……おばあちゃん…」

呼ぶと園部は前と変わらぬ笑みを浮かべて、歩み寄ってきた。

そして、陽の隣に腰を下ろす。

『久しぶりねえ……、陽ちゃん』

優しい声は、記憶の中のままだった。

「おばあちゃん、かえってきてたの？」

『ええ。迎え火を焚いてくれたでしょう？　それを頼りに。あの羽のあるお馬さん、早いのねぇ。あっという間に馬車を引いて、おうちについちゃったわ』

びっくりしちゃった、とコロコロと笑いながら園部は言う。

「あのね、ペガサスっていうの。こうたくんがつくってくれてね、ばしゃはきゃらさんがつくったの。ひでとくんはおうちのおかたづけとかしてくれてね……」

陽は一生懸命、園部に伝える。

それに園部はにこにこ笑顔で頷いて、

『陽ちゃんも、たくさんお手伝いしてくれてたわねぇ。畑のお手伝いをして、りっぱなきゅうりとなすびをもいでくれて』

そう言い、陽の頭をそっと撫でる。

触れられた気配が確かにした。

その時、

「陽ちゃーん、そろそろ帰るっスよー」

他の部屋の戸締まりをしていた孝太がそう言いながら近づいてくる足音が聞こえた。

その足音に、孝太が入ってくるだろう襖戸のほうへと顔を向け、

「あ、こうたくん、いまね、そのべのおばあちゃんがね……」

話しながら視線を、園部がいたはずの側へと向けたが、もう、そこに園部の姿はなかった。

「うん？　どうかしたっスか？」

きょとんとした顔をしている陽に、部屋に入ってきた孝太が問いかける。

──なーいしょ──

ふふっといたずらな園部の声が聞こえてきて、それに陽は頷いてから、

「ううん。そのべのおばあちゃん、きっとペガサスがはやくて、ものすごくびっくりしただろうなーって」

ごまかすように言った。

「驚かしすぎたかもっスね。帰りはゆっくりのほうがいいらしいんで、牛車にする予定っス」

孝太はそう言って、笑う。

「じゃあ、また、なすびもらいにいく?」

「行くっス。ピーマンで子豚とか作っても可愛いと思うんスよね」

帰路の構想に思いを馳せる孝太の言葉に、陽は、

「きっとかわいいとおもう」

笑顔で返したが、ふっと視界の端で、園部が困ったように、でもどこか嬉しそうに笑っているのが見えた気がした。

おわり

青空にもくもくと湧く入道雲。蟬《せみ》の声。吹く風に、チリンと涼やかな音を響かせる風鈴。夏である。

「こっちの世界にも夏があるなんて思わなかったわねぇ……」

園部《そのべ》は天界で初めての夏を迎えていた。

「まあ、基本的に此岸《しがん》とこっちの季節は同じように過ぎるからなぁ」

そう答えるのは、園部の夫だ。

こちらの世界でどう過ごすかは本人の自由で、互いの同意がなければともに過ごすことはできないのだが、もともと仲のよかった夫婦なので、こちらでもこうして一緒に過ごしている。

一応、次の輪廻《りんね》に入るまではいろいろとしなければならないこと——先の人生の棚卸《たなおろし》——があるのだが、園部は特段問題のある人生ではなかったので、その棚卸もスムーズに進んでいる。

そのため、夫婦で外を出歩く時間も多く取れた。

「あらー、今日も二人で仲いいわねぇ」

今日も今日とて、二人で散歩に出ていると、そう声をかけられた。

声をかけてきたのは、同じ集落にいて、先に亡くなった住民である。

「こんにちは。今日も暑いわねぇ」

「ええ、本当に。まあ、此岸の暑さほどじゃないけどねぇ。此岸はあれでしょ？　外に出られるような暑さじゃないんでしょう？」

二十年ほど前に亡くなった彼女が体験した夏とは、気温が違っている。

「そうねぇ、今は三十五度を超える日ばかりよ」

「想像つかないわ」

そう言って肩を竦めた彼女は、続けて聞いた。

「そうそう、お盆、どうするの？　初盆だけど、園部さんのところ、お迎えしてくれる人、誰かいる？」

「多分、お寺さんが準備してくれるんじゃないかと思うんだけれど……」

園部が亡くなった連絡は孫にいくようにしておいたが、その後の様々な供養に関しては、手が回らないだろうから、菩提寺で永代供養をしてもらうように伝えてほしいと近所の住民に常々言っていた。

孫は戸惑っていたものの、現状では自分で今後の供養をしていくのは難しいと思ったようで、菩提寺に話を通してくれた、というところまでは、園部にも天界の係員から連絡が入った。

「ああ、お寺さんに。じゃあ、合同バスで帰るのかしら？」

「多分そうじゃろうなぁ」

ご近所さんの問いに返したのは園部の夫である。園部は、

「合同バスなんてあるのねぇ」

初めて知ることに感心した。

「座席が狭い、なんて言う人もいるみたいだから、集落に帰るんなら、うちのに乗っていってくれてもいいわよ。園部さんのおうちの前通るから、そこで降りてくれてもいいし」

園部たちの帰る算段について心配してくれていたらしい。

「あらあら、ありがとう。もし、バスが満員だったりしたら、お願いするわねぇ」

園部がおっとり返事をすると、いつでも言ってちょうだい、とご近所さんは笑う。

それに会釈をして、園部は夫と散歩の続きを楽しんだ。


お盆が近づくと、初盆組はソワソワし始める。

何しろ初めての経験なので、落ち着かないのだ。

「去年まで私が全部仕切ってたから、普通のお盆のお迎えだってちゃんとできるかどうか」

「そうなのよねぇ。お盆は若い子たちは旅行に行ったりしちゃって、お仏壇周りのことは私たちに任せっきりっていうか」

「お盆が何か、なんてことも、忘れてるわよ。まあ、孫も小さいから、夏休みの思い出作りをするには、そこしかないんだけどねぇ」

理解を示しつつも、不安と「初盆」だけはちょっと気にかけてほしいという期待が入り交じる。

「家族が残ってたら、それはそれで心配だわねぇ」

初盆組とはいえ、「迎える者」がいないと分かっているので、園部はその分気楽だったりする。

そして、帰宅当日である。

精霊馬の待合所に向かい、そこで各家庭の精霊馬を待つのだが、待合所のガラス窓からは続々と精霊馬に乗り込んでいく人たちの姿が見えた。

伝統的なきゅうりの馬となすの牛が多いのだが、時折、「ん？」なものが迎えに来ている。

例えば、亡くなったのが幼子の場合、祭壇にその子が好きだったキャラクターグッズやぬいぐるみと一緒に精霊馬が飾られていると、こちらの係員が最大限、親の心をくみ取って、精霊馬にキャラグッズをあしらってくれる。グッズがパトカーや消防車といった移動できるものの場合は、一定期間はそれらに精霊馬シールを貼って精霊馬として使えるようにしてくれたりもする。

あとは、帰るご先祖様が多いから、とへちまやズッキーニの巨大な精霊馬もある。

「いやぁ、四歳のひ孫が張り切って作ってくれましてな」

とはいえ、圧倒的に多いのは普通の精霊馬で、ゲート向こうに見える、足の長さが少し互い違いな精霊馬を嬉し気に指さす男性を見ると、微笑ましさしかない。

「精霊馬っていろいろあるのねぇ」

「此岸で、変わった精霊馬を作るのが少し前からはやっとるらしいぞ」

園部の呟きに、夫が答える。

「お父さんも、変わったものがよかったですか？　私、普通のしか作りませんでしたけど」

園部が問うのに、

「普通のがいい。ブロッコリーだのカリフラワーだのを見たことがあるが、乗り心地が悪そうじゃったからな」

園部の夫は返す。それに園部が確かにねぇ、と返した時、

「待機番号四十八番の前田《まえだ》様、十二番の藤木《ふじき》様、九十三番の園部様、百五番の安井《やすい》様、精霊馬が到着しましたのでお越しください」

係員のアナウンスが聞こえ、園部は夫と同時に顔を見合わせて待機券の番号を見た。

九十三番。間違いなく自分たちである。

「誰か、お迎えしてくれたのかしら」

「孫がやってくれたのかもしれんなぁ……」

きっと合同バスだろうと思っていた二人は、忙しいだろうに、と、孫を気遣いながら出発ゲートまで向かう。ゲートの精霊馬の乗り込み口には、呼び出された順に精霊馬がならんでいるのが見えたが、その中、異彩を放つものがいた。

四頭立ての立派なペガサスと蓮の花の凝った彫刻がされたスイカの馬車である。その後ろにいる牛も立派な角があり、大きな荷物をいくらでも積むことができそうだ。

まあ、どこのお宅のかしら、と思った園部だが、どう順番を見ても園部の番である。

「お父さん、これ、順番違うんじゃないかしらねぇ」

園部の言葉に夫も頷く。

孫は間違っても、こんな凝った精霊馬を作るタイプではない。そんな時間もないだろう。

係員が呼び出す順番を間違えたのではないかと思ったのだが、

「九十三番、園部様ですね。どうぞ、こちらにお乗りください」

案内されたのは、やはりペガサスの馬車だった。

「あの、間違いとかでは？」

困惑して夫が問うのに、係員は手元の端末を見て確認する。

「いえ。園部様のお迎えで合ってますよ。製作は岩月孝太《いわつきこうた》さん……」

係員はそこまで言って半笑いになって続けた。

「あと陽《はる》さん、伽羅《きゃら》さんというお稲荷《いなり》様……ですね」

係員が告げたのは、どれも、ものすごく知っている名前だった。

「お母さん、間違いないか？」

「ええ、間違いないです」

夫に聞かれ、園部は答える。

「園部様の足元が心配ということで馬車を作ったと経緯書にございますので、どうぞ馬車のほうに」

案内されて、園部は夫と二人、馬車に乗り込む。

「こちら、製作の詳細な経緯書です。では、よいお盆をお過ごしください」

係員は乗り込んだ園部に経緯書を渡すと、そう言って送り出す。

園部と夫が軽く会釈をすると、それを合図にゆっくりと馬車は動き出した。

「おまえをお迎えに行った時にも思ったんだが……集落、今はどうなっとるんじゃ？」

カジュアルにお稲荷様が仏教行事に参加しているのが普通ではないのは、半笑いの係員の様子で分かるし、そもそも常識で普通じゃないことも分かる。

「詳しいことは、私も分からないんだけれどねぇ……」

そう前置きし、園部は集落に着くまで陽と初めて会った時のことや、孝太がやってきた時のことなどを、快適な馬車の中で夫に話して聞かせ、初めての帰省をしたのだった。

おわり

こんにちは。初めての二ヶ月連続刊行でドキドキワクワク、そしてハラハラな松幸《まつゆき》です。

他の先生方の二ヶ月連続刊行を拝見していた際には「おお！　祭りだワッショーイ」な気持ちでただただ素敵♥　としか思っていなかったわけですが、自身が、となると……。た、大変なのね…と。いや、私がやらかしたのが一番の原因なのですが、それを語り始めるとあとがき6ページくらいの供述書になるので、割愛。

そんな大変な中でもみずかね先生が凄くて……。前巻とつながる表紙！素晴らしくないですか？　もう、本当に…凄すぎて……全身全霊でありがとうございますをお伝えしたい……！（そう思うなら、もっと早く原稿をあげろ、と）

今回表紙でめっちゃ格好いい白狐《びゃっこ》様ですが、本編でもめちゃくちゃ出番多いんです。白狐様ファンのかたに楽しんでいただきたい……。

あと、今回から、新企画が立ち上がっておりますので、そちらも楽しんでいただけたら、と思います。

あとがき

さて、前巻で「落ち着いたら部屋を片付ける」と言っていた私ですが……一応片付けに着手はしたんですよ。したんですけど、片付ける前より荒れてる感じがするのは気のせい？？　これ、開けてはいけないパンドラの箱を開けたんじゃない？　みたいな状況になってます。平たく言えば、まだまだ汚部屋です。開いたパンドラの箱を、正月前までになんとなくでも閉じることができるのか……みたいな状況です。と一応、気にかけてくださっている皆様に汚部屋の近況報告をしてみました★

次の巻が出るころには……いいご報告をしたいです。

今回もみずかね先生をはじめ、担当T嬢、出版社の方々、デザイナーさん、印刷所の皆様等々、本当にお世話をおかけいたしました。ありがとうございます（フル土下座）。

一人スタバデビューという新たな経験を積みつつ、これからも頑張ってまいりますので、どうぞよろしくお願いします。

二〇二四年　今年の終わる気配に震える十一月中旬　　松幸かほ

HONGU
本宮新聞
12月10日
2024年（令和6年）

年末年始の業務形態 希望届受付開始

年末年始は大幅に業務形態が変わるため、今年も事前の受付が開始された。

必ずしも希望が受付られるものではないが、「例年、八割程度は希望に沿えられている」（本宮事務局局長）とのこと。

関連部署への応援が可能であるか、また勤務時間帯についてどの程度まで容認できるかなどが主な届け出内容となる。

届け出のない稲荷に関しては、すべての部署、すべての時間帯への対応が可能と判断し、割り振られるため「不得意な分野のある方には、届け出をお勧めしています」（本宮事務局局員）という。

十五日まで受付。詳しくは本宮事務局まで。

厨のおやつ
洋菓子が正式にラインナップ

これまで、特定日にのみ提供されていた洋菓子が、月に一度おやつとして提供されることが決定した。

選定に携わった秋の波殿は「素朴ながらも長く愛されてきたものを中心に選びました。本宮でも長く愛されるメニューになってくれればと思います」とのこと。

提供は今月から行われ、二十四日に「ジンジャークッキー」が提供される。数量限定だが、事前予約は現在受付中（二十日午後二時まで）。

【文責　末雪】

※小説内容は、異なる…かもしれません。

CROSS NOVELSをお買い上げいただき
ありがとうございます。
この本を読んだご意見・ご感想をお寄せください。
〒110-8625
東京都台東区東上野2-8-7　笠倉出版社
CROSS NOVELS 編集部
「松幸かほ先生」係／「みずかねりょう先生」係

CROSS NOVELS

狐の婿取り —神様、発起するの巻—

著者
松幸かほ

2024年12月23日　初版発行　検印廃止

発行者　笠倉伸夫
発行所　株式会社　笠倉出版社
〒110-8625　東京都台東区東上野2-8-7　笠倉ビル
[営業]TEL　0120-984-164
FAX　03-4355-1109
[編集]TEL　03-4355-1103
FAX　03-5846-3493
https://www.kasakura.co.jp/
振替口座　00130-9-75686
印刷　株式会社　光邦
装丁　磯部亜希
ISBN　978-4-7730-6508-4
Printed in Japan

CROSS NOVELS